ACHUB ANIFAIL

LLOSGI LLOCHES

Argraffiad cyntaf 2016

(h) Gwasg Carreg Gwalch

Cyhoeddwyd gyntaf yn Saesneg yn 2009 dan y teitl *Safari Survival Forest Fire* gan Magi Publications, 1 The Coda Centre, 189 Munster Road, Llundain SW6 6AW.

Rhif rhyngwladol: 978-1-84527-574-7

Mae'r cyhoeddwyr yn cydnabod cefnogaeth ariannol Cyngor Llyfrau Cymru

Cyhoeddwyd gan Wasg Carreg Gwalch,
12 Iard yr Orsaf, Llanrwst, Dyffryn Conwy, Cymru LL26 0EH.
Ffôn: 01492 642031
Ffacs: 01492 641502
e-bost: llyfrau@carreg-gwalch.com
lle ar y we: www.carreg-gwalch.com

Argraffwyd a chyhoeddwyd yng Nghymru

ACHUB
ANIFAIL
LLOSGI LLOCHES

J. Burchett
a S. Vogler

addasiad Siân Lewis

STATWS: FFEIL AR GAU
LLEOLIAD:
SICHUAN, TSIEINA
FFUGENW: JING JING

STATWS: BYW
LLEOLIAD:
DE BORNEO
FFUGENW: CAWAN

STATWS: FFEIL AR GAU
LLEOLIAD:
SWMATRA, INDONESIA
FFUGENW: TORA

ANIFAIL
LLOSGI LLOCHES

PENNOD UN

"Barod?" gwaeddodd Ben, a phwyntio at y don
enfawr oedd yn rholio tuag atyn nhw.

Gwenodd Sara, ei efaill, a gorwedd yn fflat
ar ei bwrdd syrffio. "Barod!" Dechreuodd badlo
â'i dwylo, a chyflymu wrth i'r don ddod yn nes.
Cyn gynted ag i'r môr eu codi, neidiodd y ddau
ar eu traed, a gwibio tua'r traeth a'u breichiau
ar led. Roedden nhw'n treulio wythnos braf
ym mwthyn Mam-gu ar lan y môr.

"Anhygoel!" meddai Ben, a chodi'r bwrdd
syrffio. "Ro'n i'n teimlo fel siarc ffyrnig!"

Edrychodd Sara ar ei brawd yn ei siwt rwber

biws sgleiniog, a'i wallt brown yn bigau stiff.
"Ti'n debycach i blwmsen ffyrnig!" chwarddodd.

"Ben! Sara!"

Roedd Mam-gu ym mhen ucha'r traeth yn chwifio ar y ddau ac yn pwyntio at y môr.

Trodd yr efeilliaid a gweld catamaran llyfn yn gwibio tuag atyn nhw. Wrth y llyw roedd menyw â gwallt melyn.

"Erica!" ebychodd Ben, wrth i'r catamaran droi a stopio'n sydyn, gan godi cawod o ddŵr.

"Dwi'n meddwl bod antur Wyllt ar y ffordd!"

Milfeddygon rhyngwladol oedd rhieni Ben a Sara. Roedden nhw'n teithio dros y byd. Fel arfer byddai'r plant yn mynd gyda nhw, ond ym mis Medi, roedden nhw'n dechrau yn yr ysgol uwchradd, felly doedd dim dewis ond treulio gwyliau'r haf gartre gyda'u mam-gu. Roedden nhw'n disgwyl cael chwe wythnos dawel iawn, nes i'w tad bedydd, Dr Steffan Fisher, anfon neges yn eu gwahodd i ymuno â Gwyllt, ei fudiad dirgel i helpu anifeiliaid prin.

Doedd neb ond Mam-gu yn gwybod am hyn.

Gan weiddi "Hwyl fawr, Mam-gu!" nofiodd y ddau at y catamaran. Estynnodd Erica Bohn, dirprwy Dr Fisher, ei llaw a'u helpu i fyny'r ysgol.

"Mae mor braf eich gweld chi eto,"

gwaeddodd Erica, wrth i'r cwch wibio dros y tonnau. "Mae Dr Fisher wrth ei fodd â'ch gwaith i Gwyllt. Y tro hwn mae ganddo dasg arbennig o anodd i chi, ond fe'i hunan fydd yn egluro, fel arfer."

Estynnodd amlen i Sara. "Dyma'r cliw."

Trodd Sara'r amlen ben i waered a disgynnodd llygad wydr i'w llaw. Dangosodd y llygad i Ben.

Edrychodd Ben arni'n ofalus. "Cannwyll llygad frown," meddai. "Mae'n debyg i lygad dyn, ond mae'r gwyn braidd yn dywyll."

Syllodd Sara arni. "Wyt ti'n meddwl mai llygad epa yw hi? Byddai hynny mor cŵl."

Roedd hi'n gwybod beth oedd y cam nesaf. Edrychodd ar banel rheoli'r catamaran a gweld twll bach yn ymyl y sgrin radar.

"Nawr am yr ateb," meddai, gan roi'r llygad yn y twll.

"Sut hwyl, blant bedydd?" meddai llais, ac fe ddaeth hologram dyn i'r golwg. Nythai cap pêl-fas ar ei fwng o wallt coch, a hongiai ei grys dros ei drywsus.

"Da iawn, Wncwl Steffan!" meddai Sara. "Mor ecsentrig ag arfer."

"Ydych chi'n barod am antur frys?" gofynnodd yr hologram, a chwerthin. "Ydych, wrth gwrs. Pam dwi'n trafferthu gofyn? Chi yw'r gweithwyr mwya brwdfrydig weles i erioed! Wel, mae 'na orangwtang mewn trafferth yng ngwlad Borneo. Fe gewch chi'r hanes pan gyrhaeddwch chi'r pencadlys."

Chwifiodd Wncwl Steffan ei law yn llon, a diflannu.

Ochneidiodd Sara. "Orangwtang. Waw! Maen nhw'n greaduriaid mor annwyl ac addfwyn."

"Ac mor brin," ychwanegodd Ben. "Oeddet ti'n gwybod –"

"Bod torwyr coed yn bygwth eu cynefin?" meddai Sara ar ei draws.

"Ro'n i'n mynd i ddweud—"

"Eu bod nhw'n gallu defnyddio iaith arwyddion? Ro'n i'n gwybod hynny hefyd."

"Na. Ro'n i'n mynd i ddweud eu bod nhw'n fwy clyfar na ti," meddai Ben gan chwerthin a neidio o'r ffordd wrth i Sara estyn proc chwareus.

Syllodd Ben a Sara dros y tonnau garw ar yr ynys fach oedd yn codi o'u blaenau. Arni roedd adeiladau fferm anniben, ac ychydig o ieir yn crafu rhwng y llwyni brau. Gollyngodd Erica'r hwyl a llywio'r catamaran i'r gofod tywyll o dan yr hen lanfa fregus oedd yn edrych fel petai neb wedi'i defnyddio ers blynyddoedd. Wrth i'r tri ddringo'r ysgol i ben y lanfa, gwasgodd Erica fotwm ar ei rheolwr a gleidiodd y cwch i mewn i'w sied danddaearol.

Roedd Ben a Sara'n gwybod yn union beth i'w wneud erbyn hyn. Fe anelon nhw'n syth am yr hen doiled ar y lan, gydag Erica'n eu dilyn. Bolltiodd Ben y drws a thynnodd Sara'r gadwyn.

Wwwsh! Trodd y toiled yn lifft a disgyn ar ras i grombil y ddaear.

"Sdim angen ffair arnon ni. Mae gyda ni dyrbo-toiled Wncwl Steffan!" Chwarddodd Ben a gwasgu'i fol yn dynn.

Pan stopiodd y lifft, brysiodd Ben ar hyd y coridor golau oedd yn arwain at y Stafell Reoli, gyda Sara ac Erica'n dynn wrth ei sodlau. Pwyson nhw flaenau'u bysedd ar y pad adnabod.

"Wedi adnabod yr olion!" cyhoeddodd y llais electronig.

Brysiodd y tri i mewn i stafell lachar lle roedd paneli a chyfrifiaduron yn fflachio – dyma ganolfan gweithgareddau Gwyllt. Roedd pâr o draed mewn treinyrs yn ymwthio o dan gonsol.

"Wncwl Steffan!" galwodd Sara'n dawel.

Gyda chlec a rheg ddistaw, fe ddaeth corff main eu tad bedydd i'r golwg, gan rwbio'i ben.

"Helô," galwodd yn llon. "Ro'n i ar ganol rhoi'r addaswyr cydweddau yn eu lle. Mae'r Pencadlys i gyd yn rhedeg ar ynni haul erbyn hyn." Edrychodd ar eu siwtiau rwber. "Dwi'n gwybod eich bod chi'n mynd i'r goedwig *law*, ond dyw hi ddim mor wlyb â hynny!"

"Newydd gasglu Ben a Sara o'r traeth ydw i," eglurodd Erica.

"Barod i glywed am eich tasg?" Gwenodd Wncwl Steffan, a chyffwrdd â sgrin blasma. Daeth map lloeren o ynys fawr i'r golwg. "Borneo," eglurodd. "Roedd coedwig law enfawr yma ar un adeg, ond yn ddiweddar mae llawer o'r coed wedi'u torri – yn gyfreithiol ac anghyfreithiol."

"Dwi wedi darllen yr hanes," meddai Ben. "Maen nhw'n clirio'r tir er mwyn plannu palmwydd olew. Mae pawb dros y byd yn defnyddio olew palmwydd – i wneud margarîn, sebon, canhwyllau, hufennau cosmetig – bob math o bethau."

"Mr Gwybod Popeth!" Cododd Sara ei haeliau. "Ond rwyt ti'n iawn. Mae'r goedwig law'n diflannu ar ras. Ife dyna pam mae'r orangwtang mewn perygl?"

"Rwyt ti'n hollol iawn, Sara," meddai ei thad bedydd. "Mae un o'n swyddogion yn yr ardal wedi gyrru neges am orangwtang o'r enw Cawan. Tan yn ddiweddar roedd e'n byw'n ddiogel ar Warchodfa Adilah. Ond yn sydyn mae wedi gadael ei diriogaeth."

"Roedd Mat Ginting, rheolwr y warchodfa, wedi magu Cawan er pan oedd yn fabi," eglurodd Erica. "Llynedd fe ollyngodd e Cawan yn ôl i'r gwyllt."

"Dyw orangwtangiaid ddim yn byw'n annibynnol nes eu bod nhw tua saith neu wyth oed. Ydw i'n iawn?" gofynnodd Ben. "Does 'na'r un anifail arall yn byw gyhyd gyda'i fam."

"Cywir, Ben," meddai Dr Fisher. "Mae Cawan tua wyth oed erbyn hyn. Roedd e'n hapus iawn yn y gwyllt ac wedi sefydlu ei diriogaeth ei hun. Mae orangwtangiaid gwryw'n byw ar eu pennau'u hunain, ac mae eu tiriogaeth yn bwysig iawn iddyn nhw. Dydyn nhw byth yn mynd yn agos at orangwtangiaid eraill, heblaw i baru neu i ymladd gwryw arall sy wedi crwydro i'w tiriogaeth."

"Ond tua pythefnos yn ôl, fe dorrwyd coed yn yr ardal yn anghyfreithlon," eglurodd Erica. "Daeth dynion liw nos a thorri sawl coeden cyn i rywun eu gweld a'u gyrru oddi yno. Mae pren yn werthfawr ac roedden nhw'n bwriadu ei werthu. Roedd nyth fawr o ddail ffres yn un o'r coed a dorrwyd. Nyth Cawan oedd hi, mae'n siŵr. Fe ddihangodd mewn braw, a dyw e ddim wedi dod yn ôl."

"Felly mae wedi diflannu'n gyfan gwbl?" meddai Sara.

"Mae rhywun wedi'i weld ar blanhigfa balmwydd y tu allan i'r warchodfa," ychwanegodd Wncwl Steffan. "Ond dyw e ddim wedi dod yn ôl i'w diriogaeth. Mae'n sefyllfa ddifrifol. Breuddwyd Mr Ginting yw cynyddu nifer yr orangwtangiaid, ac mae Cawan yn bwysig iawn iddo. Does dim llawer o orangwtangiaid gwryw yn y warchodfa."

"Ac mae orangwtangiaid yn bridio'n ara iawn, dwi'n meddwl," meddai Ben.

Nodiodd Wncwl Steffan. "Falle mai dim ond dau neu dri babi fydd benyw'n eu geni yn ystod ei hoes." Gwasgodd y sgrin eto a daeth llun y dyn ifanc o Borneo i'r golwg. Roedd ganddo wallt du a gwên hapus. "Dyma Mat Ginting. Fe ei hun sefydlodd y warchodfa ddeng mlynedd yn ôl er mwyn gwarchod y goedwig law a'r anifeiliaid sy dan fygythiad."

"Mae e'n ddewr iawn," meddai Sara. "Dwi wedi darllen am bobl sy'n barod i wneud unrhyw beth i gipio tir y goedwig law."

"Ydy, mae e yn ddewr," cytunodd Dr Fisher. "Mae Mat yn un o'r goreuon. Mae wedi brwydro'n galed i redeg y warchodfa, ond mae arian mor brin erbyn hyn, mae'n gorfod agor y lle i ymwelwyr."

"Mae'r agoriad swyddogol ymhen ychydig ddyddiau," ychwanegodd Erica, "felly mae hynny'n ein siwtio i'r dim. Bydd twristiaid yn gallu aros yno a gweld yr orangwtangiaid yn eu cynefin."

"Felly rydych chi am i ni esgus bod yn ymwelwyr, chwilio am Cawan a dod ag e'n ôl i'w gartre?" gofynnodd Ben.

Nodiodd Dr Fisher. "Wrth gwrs, allwn ni ddim dweud gair wrth Mat Ginting am Gwyllt. Dyna pam rydych chi'ch dau mor bwysig i ni. Fydd neb yn amau dau blentyn."

"Rydyn ni'n mynd i esgus eich bod chi wedi ennill cystadleuaeth drwy sgrifennu traethawd am anifeiliaid mewn perygl," meddai Erica.

"Syniad Erica oedd hwnna." Gwenodd Wncwl Steffan o glust i glust. "Un da iawn hefyd."

"Rydyn ni wedi dweud wrth Mr Ginting mai'r wobr oedd trip i loches yn Brunei," ychwanegodd Erica, "ond yn anffodus roedd raid i'r bobl yno ganslo ar y funud ola oherwydd salwch. Gofynnon ni a fyddai e'n fodlon eich cymryd yn eu lle, ac roedd e'n falch dros ben. Chi fydd ei ymwelwyr cynta."

"Felly mae'n bryd i chi ddechrau ar eich taith," meddai Wncwl Steffan yn frwd.

"Beth am y BYGs?" holodd Ben.

"Wrth gwrs!" Estynnodd eu tad bedydd BYG

yr un iddyn nhw. Edrychai Bril-beth y Gwyllt fel consol gemau, ond roedd e'n declyn clyfar dros ben. Roedd e'n gweithredu fel ffôn, a hefyd yn gallu chwalu arogl, cyfieithu, a sawl peth arall.

"Dwi wedi dyfeisio teclyn newydd ar gyfer y dasg hon," meddai Dr Fisher gan estyn gwregys ac esgidiau i'r ddau. "Yn yr esgidiau mae BOA – Bynji Osgoi Anaf – sef cortyn bynji electronig sy'n eich rhwytro rhag disgyn yn rhy gyflym."

"Hynny yw, fe fydd yn eich achub os cwympwch chi o uchder!" eglurodd Erica. "Mi fyddwch chi'n treulio llawer o amser yn y coed yn Borneo. I ddefnyddio'r bynji, gwasgwch y botwm arian ar eich gwregys. Nawr mae'n bryd i chi newid eich dillad."

"Gobeithio y dewch chi o hyd i Cawan," galwodd Wncwl Steffan, gan ddiflannu o dan y consol.

"Siŵr o wneud!" mynnodd Ben.

PENNOD DAU

Gyrrodd Erica'r jîp roedd hi newydd ei rentu drwy'r gatiau pren a pharcio ar bridd yr iard.

Ar ddwy ochr yr iard, roedd cabanau glân newydd sbon, a hongiai baneri lliwgar ym mhob twll a chornel. Roedd un ochr i'r iard yn agored. Tyfai coed tal yr ochr honno, gan chwifio uwchben y toeau, yn union fel pe bai'r goedwig law am hawlio'r darn bach tir yn ôl.

"Gwarchodfa Adilah," cyhoeddodd Ben. "Rydyn ni yma!"

Neidiodd e a Sara o'r car. Roedd aer poeth a llaith y prynhawn yn sioc i'r ddau, gan fod

system awyru'r car wedi'u cadw'n oer, braf. Sïai
pryfed uwch eu pennau ac o'r goedwig dôi sŵn
anifeiliaid ac adar dierth. Roedd dau weithiwr
yn gosod baner â'r neges "Agoriad Swyddogol
Heddiw" uwchben drws un o'r adeiladau.
Daeth dyn arall draw ar ras i'w croesawu.
Cariai forthwyl, hoelion ac arwydd trwm. Hwn
oedd y dyn welson nhw ar sgrin Wncwl
Steffan.

"Helô! Chi yw Ben a Sara, felly!"
Gollyngodd yr offer a'r arwydd ar lawr, ac
ysgwyd llaw'n frwd. "Mat Ginting ydw i.
Croeso i'r warchodfa."

"Mae'n braf iawn bod yma," meddai Sara, yn
wên o glust i glust.

Tynnodd Erica ddau rycsac o gist y car.
"Diolch yn fawr iawn am gynnig lle i'r
enillwyr," meddai wrth Mat. "Bydda i'n dod i'w
nôl ar ddiwedd y gwyliau. Mwynhewch eich
gwobr, Ben a Sara."

"Diolch yn fawr, Miss Bohn," atebodd y

ddau'n foesgar, gan esgus mai trefnydd y gystadleuaeth – nid ffrind – oedd Erica. Roedd Erica ar ei ffordd i'r gogledd i chwilio am dorwyr coed anghyfreithlon.

Edrychodd Sara ar yr arwydd a ollyngwyd gan Mat. Roedd hi wedi sylwi ar y cynllun wrth deithio i'r warchodfa – llun y byd, gydag 'O' fawr o'i gwmpas a dwylo tyner yn ei gynnal. Roedden nhw wedi gyrru heibio nifer o gaeau lle roedd y goedwig law wedi diflannu a phalmwydd yn tyfu yn ei lle. Roedd yr 'O' fawr i'w gweld ym mhob cae:

"Logo pwy yw hwnna?" gofynnodd Sara. "Fe welson ni sawl un ar y ffordd yma."

"Cwmni Ostrander," atebodd Mat. "Mae Pieter Ostrander, y perchennog, yn hael iawn, ac wedi rhoi llawer o arian i helpu'r warchodfa. Felly, y peth lleia allen ni ei wneud oedd arddangos ei logo cyn y seremoni. Mae e wedi addo siarad yn yr agoriad."

"Ond ro'n i'n meddwl bod ei blanhigfa'n bygwth y goedwig law!" meddai Ben. "Mae wedi clirio darn enfawr o dir. Fe yrron ni am filltiroedd a gweld dim byd ond palmwydd olew."

"A dyw'r coed hynny ddim yn tyfu'n naturiol yn Borneo!" mynnodd Sara.

"Mae'n rhaid cadw cydbwysedd," meddai Mat. "Mae'r blanhigfa'n cynnig gwaith i bobl leol, ond ar yr un pryd rhaid gwarchod y goedwig law. Dyna pam dwi'n gofalu am y darn tir hwn. Pan brynodd Pieter y blanhigfa rai blynyddoedd yn ôl, daeth ata i a gofyn am gael prynu'r tir, ond pan eglures i beth oedd pwrpas y warchodfa, roedd e'n gefnogol iawn. Dwi newydd gael problem – dynion yn torri coed ar y ffin ddwyreiniol. Mae Pieter wedi gyrru rhai o'i weithwyr draw i warchod y rhan honno, ac ers hynny does dim problem. Mae Pieter yn ffrind da."

"Helô, bawb!" galwodd llais.

Daeth dynes ifanc serchog allan o un o'r adeiladau. Roedd babi orangwtang a'i freichiau am ei gwddw, a'i ben ar ei hysgwydd. Roedd ganddo wallt oren esmwyth a bol bach crwn. Edrychodd yn ddifrifol iawn ar y plant.

"Yasmin ydw i," meddai'r ddynes, gan wthio'i gwallt du o'i llygaid. "Fi yw gwraig Mat. A chi yw'r enillwyr, mae'n siŵr. Llongyfarchiadau."

"Diolch yn fawr," meddai Ben yn llon.

"Pwy yw hwn?" gofynnodd Sara, ac anwesu ffwr meddal y babi orangwtang.

Cydiodd y peth bach yn ei bys a'i ddal yn dynn. Ochneidiodd Sara'n hapus.

"Ei enw yw Bisa," meddai Yasmin yn dyner. "Mae wedi colli'i fam, a ni sy'n gofalu amdano. Allwn ni ddim gwrthod unrhyw fabi. Maen nhw'n mynd yn ôl i'r gwyllt pan fyddan nhw'n ddigon hen."

"Ond maen nhw'n dod yn ôl i'n gweld," ychwanegodd Mat. "Mae orangwtang bob amser yn gwneud cysylltiad agos iawn â'i ofalwr. Mae rhai o'r benywod yn dod i ddangos eu babanod i ni. Maen nhw'n meddwl mai ni yw'r taid a'r nain!"

"Ac rydyn ni mor falch â thaid a nain!" chwarddodd Yasmin. "Dewch. Fe ddangosa i a Bisa'r stafell wely i chi, er mwyn i chi gael cyfle i ddadbacio. Bydd yr agoriad swyddogol ymhen awr."

Cododd arogl hyfryd pren newydd i drwynau'r plant wrth i Yasmin eu harwain drwy'r gegin â'i bwrdd enfawr ac ymlaen i'r coridor lle roedd y stafelloedd gwely.

"Dyma stafelloedd yr ymwelwyr," eglurodd. "Pan fyddwch chi'n barod, bydd Mat yn disgwyl amdanoch yn ei swyddfa yr ochr draw i'r iard."

Roedd y stafell yn oer braf, gyda dau wely a chaban cawod. Ar ôl i Yasmin eu gadael, brysiodd Ben a Sara i dynnu popeth ond eu hoffer Gwyllt o'u rycsacs. Tynnodd Sara'r teclyn cyfieithu o'i BYG a'i wthio i'w chlust.

"Paid ag anghofio dy un di, Ben," meddai. "Mae'n bwysig ein bod ni'n deall pob gair mae pobl yn ei ddweud, hyd yn oed pan maen nhw'n siarad Maleieg."

Aeth y plant i chwilio am Mat oedd yn eistedd yn ei swyddfa o flaen cyfrifiadur hen ffasiwn.

"Dwi'n diweddaru fy nodiadau dyddiol cyn i bawb ddod," meddai, gan estyn diod hyfryd o sudd oer i'r ddau. "Dwi'n rhoi hanes pob un o'r orangwtangiaid … wel, pob un ond un."

"Pam wyt ti'n gadael un allan o'r nodiadau?" gofynnodd Sara'n ddiniwed.

Gwenodd Ben yn dawel bach. Doedd Sara ddim yn gwastraffu amser. Roedd hi'n chwilio am wybodaeth ar gyfer eu tasg.

"Mae un o'r orangwtangiaid wedi gadael y warchodfa," meddai Mat. "Gwryw ifanc o'r enw Cawan. Mae wedi byw yma er pan oedd e'n fach iawn. Fe gafodd ei ddwyn oddi ar ei fam gan ladron oedd yn bwriadu ei werthu fel anifail anwes i rywun cyfoethog yn y Gorllewin."

"Ych-a-fi!" ebychodd Sara.

"Drwy lwc, arestiwyd y lladron a daeth yr heddlu â Cawan ata i," ychwanegodd Mat. "Doedd gen i ddim syniad o ble roedd e wedi dod, felly doedd dim posib cael gafael ar ei fam. Fe oedd y babi orangwtang cynta i fi ei fagu."

Ochneidiodd, ac edrych yn hiraethus. "Llynedd fe ollynges e'n ôl i'r gwyllt. Ond roedd e'n dal i alw yma bob bore i gael bisgeden galed – o leia tan bythefnos yn ôl, pan ddaeth y torwyr coed a'i ddychryn i ffwrdd."

"Ydy e'n fwy ofnus am ei fod e'n cofio beth ddigwyddodd pan oedd e'n fabi?" gofynnodd Ben.

"Digon posib," meddai Mat. "O leia dwi'n gwybod ei fod e'n fyw. Pan oedd Daud, un o 'ngweithwyr, yn cerdded ar y llwybr crog, fe welodd e Cawan ar blanhigfa Mr Ostrander ger ffin y warchodfa."

Gwenodd y dyn ifanc. "Hoffech chi weld ffilm o Cawan yn dysgu sut i fyw yn y jyngl? Fi sy'n dangos iddo sut i ofalu amdano fe'i hun – fel mam, fwy neu lai. Dwi'n meddwl bod digon o amser i'w gwylio cyn y seremoni."

"O, diolch!" meddai Ben a Sara ag un llais.

Aeth Mat â nhw i stafell fwy, lle roedd rhes o feinciau pren o flaen sgrin. "Eisteddwch. Chi fydd yr ymwelwyr cynta i weld hwn," meddai.

"Daud ffilmiodd ni. Mae e'n hoff iawn o Cawan hefyd." Goleuodd y sgrin a fflachiodd "Gwarchodfa Adilah" ar ei thraws. Gwibiodd Mat drwy'r ffilm, nes cyrraedd golygfa lle roedd e'n dysgu orangwtang bach sut i ddringo coeden. Roedd golwg ddifrifol iawn ar wyneb yr epa bach, a phigyn doniol o wallt golau un ochr i'w ben. Roedd e'n dynwared Mat yn ofalus iawn, nes i Mat wneud sŵn trydar yn uchel.

"Mae Cawan bob amser yn dod ata i pan glywith e'r sŵn yna," eglurodd Mat. "O leia, mi oedd e. Falle ei fod e'n rhy bell i glywed erbyn hyn. Pan fydd yr agoriad swyddogol drosodd a phopeth wedi tawelu, dwi'n mynd i chwilio amdano. Ces i ganiatâd gan Pieter i archwilio'r blanhigfa, ond ches i ddim digon o amser i chwilio'n fanwl. Dyw'r blanhigfa ddim yn gynefin naturiol i orangwtang, ac mae arna i ofn fod Cawan yn bwyta'r coed bach. Dyw hynny ddim yn deg i Pieter."

Gwylion nhw Cawan yn ymateb i alwad Mat drwy roi'r gorau i'w dasg, a dringo ar ben ysgwyddau ei ffrind gan gydio'n dynn yn ei glustiau.

"Aaaa," meddai Ben. "Mae mor ciwt. Gawn ni weld y ffilm eto?"

Edrychodd Sara arno'n syn. Hi oedd yn slwtshlyd fel arfer, nid ei brawd!

Ond wrth ailwylio'r ffilm, sylwodd ar Ben yn tynnu BYG o'i boced a gwasgu botwm. Nawr roedd hi'n deall. Roedd e'n recordio sŵn trydar Mat. Gwenodd yn dawel bach. Os gallen nhw fynd i hen diriogaeth Cawan a chwyddo'r sŵn ar y BYG, gyda lwc byddai'r orangwtang yn ei glywed ac yn dod adre.

PENNOD TRI

"Edrych ar y bwyd 'na!" ebychodd Ben, a syllu'n llwglyd ar y wledd oedd wedi'i gosod ar y byrddau yn yr iard. "Dwi'n barod am ginio."

"Rhaid i ti aros nes i'r siaradwyr orffen," hisiodd Sara. "Mae'r agoriad swyddogol ar fin dechrau."

Roedd Ben a Sara'n sefyll gyda Mat a Yasmin – a Bisa – yn disgwyl i Pieter Ostrander gyrraedd. Y tu ôl iddyn nhw roedd tyrfa fawr o bobl leol. Roedd gohebydd eisoes yn tynnu lluniau'r adeiladau newydd.

Roedd un o'r gweithwyr welson nhw'n gynharach yn gosod jygiau o ddiod ar y byrddau. Gwenodd ar Ben ac estyn darn o fara iddo'n slei bach.

Ceisiodd Ben gnoi'r bara heb i neb ei weld. "Diolch!" meddai'n falch. "Mae'n ddrwg gen i. Dwi ddim yn gwybod beth yw eich enw."

"Daud," atebodd y dyn ifanc. Pwyntiodd at y dyn arall fu'n ei helpu'n gynharach. Roedd hwnnw'n hŷn, a'i wallt yn gwynnu, a safai ar ei ben ei hun yng nghanol y dyrfa. "A dyna Talib. Rydyn ni'n gweithio i Mat."

Roedd Ben a Sara ar ganol cyflwyno'u hunain, pan glywyd rhu injan, a daeth jîp slic a threndi drwy'r gatiau. Yn y cefn roedd rhywbeth mawr wedi'i lapio mewn papur brown. Stopiodd y jîp a chamodd dyn tal allan ohono. Roedd lliw haul ar ei groen, a'i drywsus wedi'i smwddio'n dwt. Gwenodd ar bawb.

Arweiniodd Mat e drwy'r dyrfa. "Dewch i gwrdd â'n henillwyr ni, Pieter," meddai, gan

anelu am y plant. "Ben a Sara, dyma Mr
Ostrander."

"Dwi wedi clywed eich hanes," meddai
Pieter Ostrander. "Da iawn, chi! Felly beth yn
union wnaethoch chi i ennill y gystadleuaeth?"

Teimlodd Sara lygaid Ben yn syllu arni.
Doedden nhw ddim wedi meddwl am esgus.

"Fe … mmm … sgrifennon ni draethawd am
…" dechreuodd.

"… y problemau sy'n wynebu'r panda mawr yn y gwyllt," ychwanegodd Ben.

Clyfar iawn, meddyliodd Sara. Roedden nhw'n gwybod llawer iawn am bandas – a sut i'w hachub!

"Diddorol dros ben," meddai Mr Ostrander. "Mae'n braf gweld pobl ifanc fel chi yn cymryd cymaint o ddiddordeb mewn anifeiliaid prin."

"Rydyn ni wedi clywed amdanoch chithau hefyd, Mr Ostrander," meddai Ben. "Dwedodd Mat fod eich cwmni wedi bod o help mawr i'r warchodfa."

"Rydyn ni'n falch o'r cyfle i helpu cymydog," meddai Mr Ostrander. "Rydyn ni'n credu yn yr un pethau. Rhaid gwarchod yr hyn sy gyda ni."

"Dwi'n meddwl ein bod ni'n barod nawr," meddai Mat. Gofynnodd i bawb dawelu. "Diolch am ddod yma heddiw i agoriad swyddogol Gwarchodfa Adilah! Dwi am alw ar Mr Ostrander i ddweud ychydig eiriau." Siaradodd ym Maleieg a chipedrychodd y plant ar ei gilydd. Heb yn wybod i Mat, roedd y BYGs wedi cyfieithu pob gair.

Trodd Mr Ostrander at y dyrfa.

"Rydyn ni yma heddiw i agor y lle gwych hwn, ac yn gynta dwi am sôn am y dyn sy wedi gweithio mor galed i'w sefydlu – Mat Ginting."

Gwingodd Mat a phlygu'i ben yn swil, wrth i Mr Ostrander ei ganmol i'r cymylau.

"Ac i orffen," meddai Mr Ostrander, "dwi'n cyhoeddi bod Gwarchodfa Adilah ar agor i bawb." Aeth at ei jîp. "Nawr os gall eich dynion fy helpu," meddai, "mae gen i anrheg i chi."

Edrychodd Mat dros ei ysgwydd a galw ym Maleieg ar Talib a Daud. Aeth y ddau i helpu Mr Ostrander i godi parsel mawr swmpus o'r jîp. Edrychai'n drwm iawn. Torrodd Mr Ostrander y llinyn a thynnu'r papur. Ebychodd pawb mewn rhyfeddod pan welson nhw'r cerflun pren o orangwtang. Camodd y gohebydd ymlaen a thynnu llun.

"Mae'n wych!" ebychodd Mat, gan anwesu'r pren. "Fe gaiff sefyll wrth y gatiau i bawb gael ei weld."

"Nawr dewch i fwyta!" chwarddodd Yasmin, a phwyntio at y byrddau.

Doedd dim rhaid gofyn ddwywaith i Ben.

Wrth i Ben a Sara lwytho'u platiau, daeth Mat draw.

"Pan fydd pawb wedi mynd, fe a' i â chi i weld y warchodfa," meddai. "Bydd digon o amser cyn nos."

"Ffantastig!" atebodd Ben, gan godi'i fawd yn slei bach ar Sara.

Roedd y ddau'n deall ei gilydd i'r dim. Roedden nhw am wneud yn siŵr fod Mat yn mynd â nhw i hen diriogaeth Cawan.

PENNOD PEDWAR

O'r diwedd roedd y seremoni a'r wledd wedi
dod i ben, a Ben a Sara yn eistedd yng
nghysgod iard y warchodfa. Allai Ben ddim
cadw'n llonydd.

"Eistedd yn dawel!" Prociodd Sara asennau'i
brawd. "Dwedodd Mat y byddai'n cwrdd â ni
am bedwar o'r gloch, ar ôl ffarwelio â'r
gwesteion. Dyw hi ddim yn bum munud i
bedwar eto."

"Dwi'n gwybod, ond dwi wedi cyffroi'n lân,"
ochneidiodd Ben, gan neidio ar ei draed i

edrych ar y map ar y wal y tu ôl iddyn nhw.
"Cael ein tywys ar daith ar lwybrau uchel
drwy'r coed, a rhes o blatffformau gwylio ar y
ffordd. O, cŵl!"

"Cofia ein bod ni'n chwilio am Cawan,"
rhybuddiodd Sara. "Rhaid i ni gasglu cymaint
o wybodaeth ag y gallwn ni."

"Dwi ddim wedi anghofio," meddai Ben yn
chwyrn. "Mae gen i'r recordiad, ac mi fydda i'n
ei chwarae pan fydd neb o gwmpas."

"Barod?" galwodd llais brwd.

Roedd Mat wedi cyrraedd. Estynnodd bâr o
feinociwlars a bag papur yr un iddyn nhw.
"Mae bisgedi caled yn y bagiau. Mae'r
orangwtangiaid yn dwlu arnyn nhw."

Arweiniodd Mat y ddau ar hyd llwybr cul
drwy'r goedwig. Wrth i sŵn eu traed atsain
drwy'r llwyni, daeth sgrechiadau cras o rybudd.

"Mwncïod proboscis," eglurodd Mat. "Maen
nhw'n cynhyrfu'n hawdd." Stopiodd o flaen
ffrâm ddringo o bren cochliw, gydag ysgol yn

42

arwain at blatfform uchel â rheiliau o'i
amgylch.

"Lan â ni!" meddai Ben, a chydio yn ffyn yr
ysgol.

"Falch o weld dy fod ti mor frwdfrydig, Ben,"
meddai Mat. "Hwn fydd y tro cynta i chi ddod
wyneb yn wyneb ag anifeiliaid gwyllt, yntefe?"

Dim ond gwenu wnaeth Ben a Sara.

"Cofiwch, os daw anifail yn agos, peidiwch â
gwylltio. Rydyn ni'n siŵr o weld
orangwtangiaid. Maen nhw'n greaduriaid tawel
– a busneslyd iawn. Fe ddôn nhw atoch chi,
mwy na thebyg. Mae'r llwybrau crog yn ddigon
diogel, ac ar bob platfform mae ysgol lle
gallwch chi ddianc i'r llawr. Nawr dyna ddigon
o gyfarwyddiadau. Lan â ni!"

"Dyna braf fyddai gweld … beth yw enw'r
orangwtang bach sy ar goll?" gofynnodd Sara'n
ddiniwed, pan gyrhaeddon nhw ben yr ysgol a
chamu ar y platfform. Yn ymestyn o'u blaen
roedd llwybr o styllod yn hongian ar raffau hir.

"Cawan," meddai Mat. "Fe a' i â chi i diriogaeth Cawan. Dwi'n dal i obeithio'i weld e yno."

Camodd Mat ar y llwybr crog a chydio yn y ganllaw bob ochr. Siglodd y llwybr fymryn bach dan ei draed. Dilynodd y plant yn llawn cyffro a symud o goeden i goeden.

Oddi tanyn nhw crawciai brogaod yn gras, ac uwchben llefai mwncïod macaco wrth swingio drwy'r coed. Sgrechiai parotiaid yn y canghennau gerllaw. Ar bob platfform roedd hysbysfwrdd yn rhoi hanes y gwahanol greaduriaid.

Astudiodd Ben bob un.

"Beth yw'r rheina?" gofynnodd Sara, a phwyntio at adar rhyfedd yr olwg oedd yn clwydo uwch eu pennau. "Oes gyda nhw gyrn ar eu pigau?"

"Wnest ti ddim darllen yr arwydd?" meddai Ben yn bryfoclyd. "Adar rheinoseros ydyn nhw. Yn dyw hwn yn lle braf?"

"Mae Yasmin a fi'n trio creu lloches berffaith i'r anifeiliaid," eglurodd Mat. "Mae'r goedwig law'n mynd yn llai, ond mae'r lle hwn yn mynd i aros yr un fath."

Siglodd y dail yn swnllyd, ac yn sydyn daeth dau orangwtang i'r golwg, gan swingio drwy'r canghennau plethedig un ar ôl y llall.

"Dyma'ch cip cynta o orangwtangiaid yn y gwyllt," meddai Mat. "Mam a merch o'r enw Lola a Mimi. Fe ddôn nhw draw i ddweud helô yn y funud."

Stopiodd y ddwy chwarae cyn gynted ag y gwelson nhw Mat a'r plant. Gan sgrechian mewn braw, fe ddihangon nhw'n ôl i ganol y coed trwchus.

"Ni sy wedi'u dychryn nhw?" gofynnodd Sara'n siomedig.

"Na, dwi ddim yn meddwl," meddai Mat yn feddylgar. "Ond dwi'n synnu eu bod nhw wedi dianc mor gyflym. Maen nhw'n serchog iawn fel arfer. Pan oedden ni'n codi'r llwybrau styllod, roedden nhw'n eistedd yn ein hymyl a cheisio dwyn yr offer." Stopiodd ac edrych o'i gwmpas, a sylwodd y plant ar yr olwg bryderus ar ei wyneb.

"Erbyn meddwl, mae'n dawelach nag arfer yma heddiw. Rydyn ni wedi cerdded drwy sawl tiriogaeth, heb weld neb ond Lola a Mimi." Aeth â nhw ar draws platfform, ac i lawr ysgol i lwybr is. "Rydyn ni'n agosáu at hen gartref Cawan nawr."

Cododd Ben ei fawd ar Sara. Dyma gyfle i ddysgu rhywbeth.

Roedd y llwybr yn dilyn glan afon frown, lydan.

"Dyma afon Munia," meddai Mat.

"Coed palmwydd olew sy'n tyfu'r ochr draw, yntefe?" meddai Sara, gan syllu ar y rhesi syth o goed isel. Roedden nhw'n edrych yn wahanol iawn i dyfiant gwyllt y goedwig law.

"Tir Mr Ostrander yw hwnna," meddai Mat. "Rydyn ni yn ne-ddwyrain y warchodfa nawr."

Arweiniodd y plant i blatfform llydan oedd yn hongian o goeden braff. Ar y boncyff roedd arwydd – 'Platfform 22' – a map o'r llwybrau oddi tano. Edrychodd y plant ar yr olygfa. Troellai'r afon rhwng y coed palmwydd a darn o dir gwastad lle tyfai planhigion bach mewn rhesi twt o farilau metel.

"Palmwydd bach newydd," eglurodd Mat. "Dyna lle gwelodd Daud Cawan. Dwi wedi galw arno o'r fan hyn, ond dwi ddim yn meddwl bod fy llais yn ddigon cryf."

"Gobeithio daw e'n ôl cyn hir," meddai Sara.

"Byddech chi wrth eich bodd yn cwrdd â Cawan," meddai Mat. "Mae e'n gymeriad arbennig, ac yn dynwared yn wych. Roedd e'n arfer rhoi reis a ffa mewn bowlen a'u troi â llwy. Dynwared Yasmin yn coginio, chi'n gweld. Mae'n rhaid i fi drio galw eto, er does fawr o obaith."

Gwasgodd ei wefusau mewn cylch a gwneud y sŵn trydar glywodd y plant ar y ffilm.

Cerddodd Ben a Sara i ochr draw'r platfform a syllu ar lecyn moel yn llawn o fonion coed. Edrychai fel craith hyll yng nghanol y goedwig law.

"Mae'r torwyr coed yn ffiaidd," meddai Sara gan edrych ar y difrod. "Dwi'n falch eu bod wedi cael eu gyrru i ffwrdd cyn iddyn nhw wneud rhagor o niwed. Druan â Cawan. Sdim rhyfedd ei fod e wedi dychryn."

"Trueni na alla i chwarae'r recordiad," sibrydodd Ben. "Os trown ni'r sŵn yn uchel iawn, bydd yn atsain ymhell dros y palmwydd. Os yw Cawan yno, bydd e'n siŵr o'i glywed."

Stopiodd Mat alw Cawan a dod yn ôl atyn nhw.

"Dim lwc, mae arna i ofn," meddai. Pwyntiodd at y difrod. "Dyna lle mae Cawan – lle roedd Cawan – yn nythu. Dyw e ddim yn meddwl ei fod e'n aderyn, cofiwch!" Gwenodd Mat. "Mae orangwtangiaid yn gwneud eu gwelyau mewn gwahanol rannau o ganopi'r goedwig bob nos. Maen nhw hyd yn oed yn defnyddio dail mawr fel dwfe!"

Nodiodd Ben. "Dwi wedi darllen am hynny," meddai.

"Weithiau maen nhw'n defnyddio deilen fel ambarel haul," ychwanegodd Mat, "a—" Torrodd 'bîp' gras ar ei draws. "Mae'n ddrwg gen i," meddai a thynnu radio o boced ei grys. "Yasmin sy'n galw o'r ganolfan, siŵr o fod."

Trodd ei gefn ar y plant a siarad yn gyflym ym Maleieg.

"Mae rhywbeth yn bod." Clywson nhw lais Yasmin drwy eu hoffer cyfieithu. "... rhagor o negeseuon yn canslo. Teulu Cooper."

"Roedden nhw i fod dod yma wythnos nesa, yn doedden nhw?" gofynnodd Mat.

Hymiodd y radio a siaradodd Yasmin eto. "... lwcus eu bod wedi e-bostio i aildrefnu'r gwyliau ... dwi ddim yn deall ... mae sawl person wedi cael neges i ddweud bod eu gwyliau wedi'u canslo ... Beth sy wedi digwydd?"

"Fe ddo' i'n ôl ar unwaith," meddai Mat wrthi. "Fe ffoniwn ni bawb a gofyn iddyn nhw aildrefnu. Wedyn fe wnawn ni ymchwiliad. Ar yr hen groc o gyfrifiadur mae'r bai, mwy na thebyg."

Diffoddodd y radio a throi at Ben a Sara.

"Mae'n ddrwg gen i," meddai. "Rhaid i ni fynd yn ôl. Mae problem wedi codi ynglŷn â'r gwyliau sy wedi'u trefnu. Fe ddown ni yma eto bore fory." Trodd ac anelu ar hyd y llwybr crog i gyfeiriad y warchodfa.

"Fe ddilynwn ni mewn chwinciad," galwodd Ben. "Dwi newydd weld aderyn piglydan – rhaid i fi gael llun." Tynnodd ei chwaer yn ôl.

"Dydyn ni ddim wedi cael cyfle i chwarae'r recordiad," sisialodd, gan anelu ei gamera at yr aderyn.

"Rhaid i ni ddod yn ôl heno," meddai Sara, "ar ein pennau ein hunain."

PENNOD PUMP

Cripiodd Sara dros lawr pren eu hystafell wely a rhoi proc i'w brawd drwy'r rhwyd fosgito.

"Deffra," sisialodd. "Dwy awr sy ar ôl cyn i'r haul godi."

Agorodd Ben ei lygaid a chodi'n syth ar ei eistedd. "Bant â ni."

Gwisgon nhw'n gyflym a chodi'u rycsacs ar eu cefnau. Roedden nhw wedi pacio dŵr, cit cymorth cyntaf a'u BYGs y noson cynt. Ar ôl rhoi gwregysau BOA am eu canol a'r esgidiau am eu traed, cydiodd y ddau yn eu gogls gweld-yn-y-nos.

Agorodd Sara'r drws yn ara bach.

"Shhhh!" hisiodd Ben, wrth i'r colynnau wichian.

"Does dim grisiau, drwy lwc," mwmialodd Sara. "Mae'r coridor pren yn ddigon gwichlyd."

Camodd y ddau allan i gysgodion llonydd yr iard. Ar ôl gwisgo'u gogls, trodd pobman yn wyrdd. Roedd pyllau dwfn dros y llawr, a diferai dŵr o'r coed.

"Mae newydd fwrw glaw," sibrydodd Ben.

Trodd Sara ddeial uwchben ei thrwyn a newid ffocws y gogls. "Fe ddilynwn ni'r map lloeren ar ein BYGs."

Cripion nhw draw i gysgod y coed.

"Y llinellau du igam-ogam yw'r llwybrau crog," meddai Ben, gan astudio'r llun ar ei BYG. "A fan hyn mae tiriogaeth Cawan, lle mae'r llwybrau'n nesáu at yr afon."

"Oes 'na lwybr arall sy'n arwain yn syth at y lle?" gofynnodd Sara.

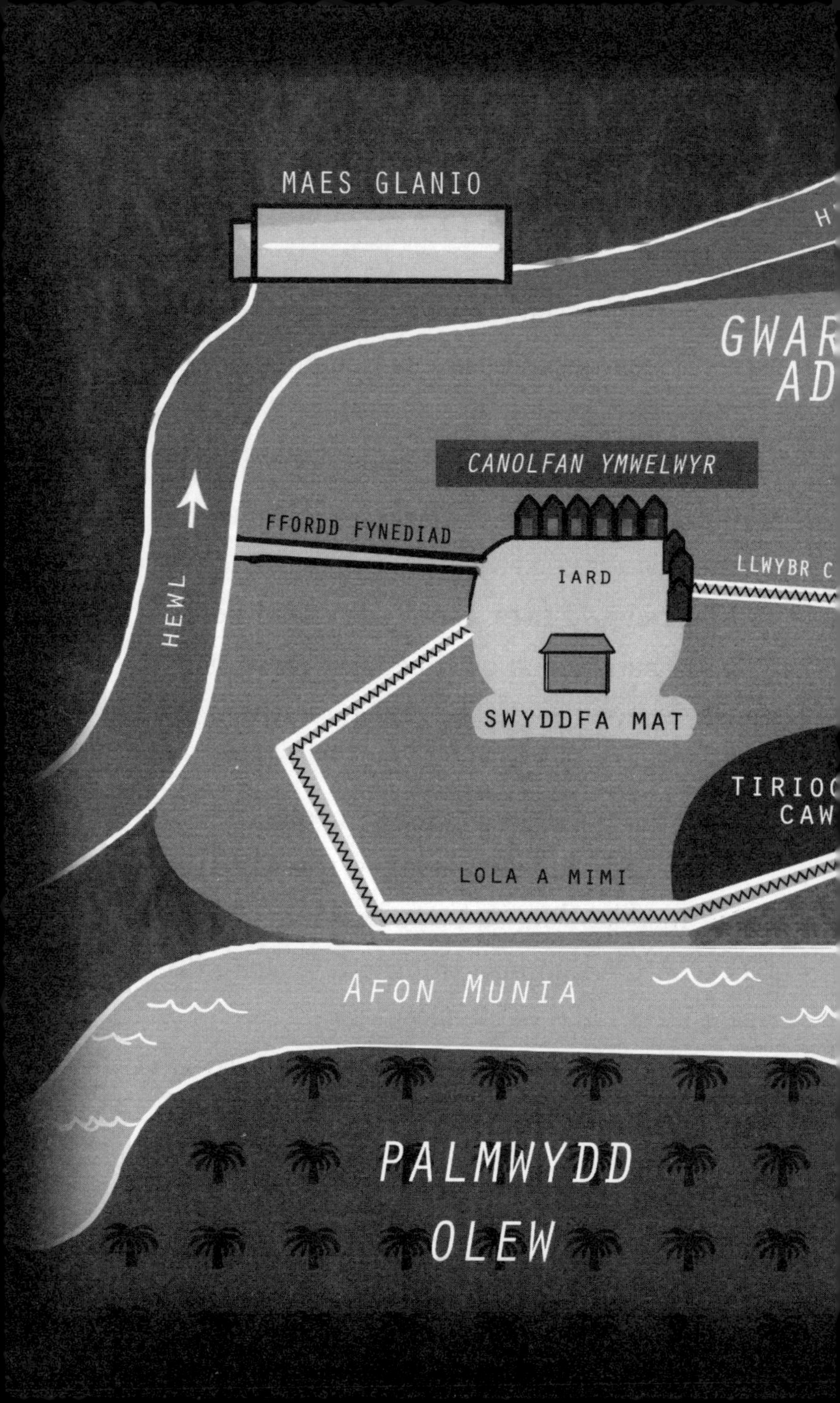
MAES GLANIO
H
GWAR
AD
CANOLFAN YMWELWYR
FFORDD FYNEDIAD
HEWL
IARD
LLWYBR C
SWYDDFA MAT
TIRIOG
CAW
LOLA A MIMI
Afon Munia
PALMWYDD
OLEW

...DFA
...H

PALMWYDD

OLEW

COED
NEWYDD

G

HEB FOD AR RADDFA

Gwasgodd Ben fotwm a daeth map arall i'r golwg. Arno roedd llwybr cul yn arwain i'r de-ddwyrain. "Fe ddilynwn ni hwn."

"Rho waelod dy drywsus yn dy sgidiau," rhybuddiodd Sara. "Mae 'na nadroedd yma."

"Ac arthropodau ac infertebrata," meddai Ben yn frwd.

"Pryfed, ti'n feddwl," ochneidiodd Sara.

"Gwylia rhag y chwilod du deg centimetr o hyd!" meddai Ben yn bryfoclyd, ond chymerodd Sara 'run sylw.

"Gwasga'r teclyn chwalu arogl," meddai, "i gadw pethau cas draw."

Bob ochr i'r llwybr garw roedd boncyffion enfawr, trwchus. Mentrodd y plant i dywyllwch y goedwig law, gan symud mor dawel ag y gallen nhw a chlustfeinio ar bob sŵn.

Yn sydyn daeth bloedd www-aa a swingiodd creadur hir main o'r coed. Syllodd ar y ddau a'i lygaid yn disgleirio dan ei aeliau trwchus. Stopiodd y plant yn stond a'u calonnau'n

curo'n wyllt. Yna, gyda sgrech, tasgodd y
creadur yn ôl i'r coed.

"Gibon!" sibrydodd Sara, ar ôl edrych ar y
manylion ar ei BYG. "Roedd e'n edrych yn syn
ar ein gogls ni."

"Beth yw hwnna sy wedi'i lapio am y
boncyff?" ebychodd Ben, a phwyntio i'r
tywyllwch. "Mae'n edrych fel neidr enfawr!"

"Dyw e ddim yn symud," chwarddodd Sara.
"Gwreiddyn yw e. Mae wedi tyfu am y
goeden."

Ymwthiodd
y ddau drwy
glawdd o ddail
rhedyn
trwchus oedd
yn hongian
dros y llwybr.

"Dwi'n
clywed yr
afon," meddai

Ben. "Rydyn ni'n agos at diriogaeth Cawan.
Dylai'r llwybrau crog fod rywle uwch ein
pennau."

"Mae arwydd ar y boncyff draw fan'na."
Pwyntiodd Sara ato. "Platfform 22 – dyna lle
roedden ni'n gynharach. Rydyn ni wedi
cyrraedd."

Llusgodd rhywbeth dros y llawr o'u blaenau.
Drwy eu gogls fe welson nhw ddwy lygad oer a
thrwyn cennog yn ymestyn tuag atyn nhw.

"Crocodeil!" ebychodd Ben, a thynnu Sara'n
ôl. "Rhaid i ni ddringo – nawr!"

"Ond sut?" Edrychodd Sara o'i chwmpas yn
wyllt.

"Mae 'na ysgol yn arwain at y platfform."
Stryffagliodd Ben drwy'r rhedyn nes cyrraedd
boncyff 22. Dilynodd Sara'n dynn wrth ei
sodlau. Y tu ôl iddi clywai'r rhedyn yn ysgwyd
a chrensian wrth i'r crocodeil ei hymlid.

Neidiodd Ben i fyny'r ffyn cyntaf, ac estyn

am law ei chwaer. Llusgodd Sara
i ddiogelwch wrth i'r crocodeil
ymosod, a chrensian yr awyr dan
ei thraed.

"Cael a chael oedd hi!"
crawciodd Sara, gan ddringo mor
uchel ag y gallai. "Ro'n i'n
meddwl y byddai'r offer chwalu
arogl yn ein cadw'n ddiogel."

"Mae clyw da iawn gan
grocodeil," meddai Ben gan

edrych i lawr ar y creadur mawr cennog oedd
yn dal i chwilio am ei brae. "A doedden ni
ddim yn dawel iawn, oedden ni? Wyddost ti,"
ychwanegodd, wrth i'r ddau ddringo at y
platfform, "fod crocodeil dŵr hallt yn gallu
mesur saith metr o hyd?"

"Diddorol iawn," meddai Sara gan bwffian ar
ei ôl. "Digon o le i ddau blentyn yn ei fol, felly!"

O'r diwedd fe gyrhaeddon nhw'r platfform.
Yn y pellter oddi tanyn nhw, fe welson nhw'u
gelyn yn cripian tuag at y tro yn yr afon y tu
hwnt i'r coed.

"Mae hwn yn lle da i chwarae'r recordiad,"
meddai Ben.

Tynnodd ei BYG o'r sach a gwasgu botymau.
Atseiniodd sŵn trydar uchel dros y coed.

"Dylen ni wneud hyn yn y dydd, pan fydd
Cawan yn effro," meddai Sara.

"Does gyda ni ddim dewis," atebodd Ben.
"Ond dwi'n siŵr bydd Cawan yn maddau i ni
os awn ni ag e adre'n ddiogel."

Eisteddon nhw mor llonydd ag y gallen nhw, gan syllu'n ofalus drwy'u gogls.

"Ystlumod ffrwythau, dyfrgwn ac un neu ddau fwnci," nododd Sara. "Langwriaid arian hefyd, dwi'n meddwl, ond dim un orangwtang."

Chwaraeodd Ben y recordiad dro ar ôl tro.

"Dim lwc," meddai o'r diwedd. "Falle dylen ni fynd yn ôl—"

Stopiodd. Roedd 'na siffrwd yn y canghennau uwchben, a sŵn cnoi mawr. Gwasgodd Sara'r botwm adnabod sŵn ar ei BYG. "Orangwtang!" sibrydodd.

"Dwi wedi darllen am synau'r orangwtang," meddai Ben. "Mae'r sŵn yna'n golygu ei fod yn teimlo dan fygythiad."

"Cadw'n llonydd 'te," meddai Sara. "Cawan yw e, yntefe? Mae wedi ymateb i'r alwad. Rydyn ni yn ei diriogaeth, wedi'r cyfan, felly fyddai'r lleill ddim yn dod yn agos."

"Gogls ar swm," meddai Ben, gan droi'r botwm ar ei gogls e.

"Waw!" mwmialodd Sara. "Mae e'n union uwchben."

Roedd ffigwr tywyll yn sleifio drwy'r canghennau uchel.

Trodd Ben yn ofalus, estyn ei BYG uwchben y dail a gwasgu'r botwm camera. "Dwi wedi tynnu llun," sibrydodd. Syllodd y ddau ar y sgrin a gweld wyneb cyfarwydd yr orangwtang bach yn syllu'n ôl. Roedd ganddo dwffyn o wallt ar ochr ei ben, yn union fel y gwelson nhw ar y ffilm.

"Ffantastig!" sibrydodd Ben. "Cawan yw e!"

PENNOD CHWECH

Eisteddai'r orangwtang bach yn y canghennau uwch eu pennau, a syllu ar Ben a Sara a'i lygaid yn fflician yn nerfus.

"Mae gen i fisgeden yn fy rycsac," meddai Sara'n dawel. "Dere i weld a allwn ni ei ddenu aton ni a gwneud iddo deimlo'n ddiogel yn ei gartref unwaith eto."

"Bydd Mat mor falch," meddai Ben.

Gan symud yn ara deg iawn, cododd Sara ar ei thraed ac estyn y fisgeden uwch ei phen.

Dechreuodd Cawan swingio'n osgeiddig o gangen i gangen. Arhosodd ychydig bellter i ffwrdd a hongian ar un fraich flewog, gan edrych o'i gwmpas fel petai'n chwilio am rywun. Edrychai'n anesmwyth ac ar bigau'r drain – yn barod i ddianc os oedd yn synhwyro unrhyw fygythiad.

"Wyt ti'n meddwl ei fod e'n edrych am Mat?" gofynnodd Ben. "Falle wnaiff e ddim aros, gan fod Mat ddim yma."

"Dere, Cawan," meddai Sara'n dyner. "Dere, pwt." Chwifiodd y fisgeden.

Oedodd Cawan, ac yna estynnodd law sgleiniog fel lledr a chymryd y fisgeden. A'i

lygaid wedi'u hoelio ar y ddau, cnodd y fisgeden gan wasgar y briwsion o gwmpas eu traed.

"Mae'n dal i edrych yn nerfus iawn," sylwodd Ben. "Mae'r torwyr coed wedi'i ddychryn yn rhacs."

"Ond dydyn ni ddim yn ei ddychryn e, achos mae e wedi dod aton ni," meddai Sara, gan chwilio am fisgeden arall i'r epa bach. "Rywsut mae e'n gwybod ein bod ni'n ffrindiau. Falle o achos y recordiad o lais Mat."

Estynnodd Cawan fys briwsionllyd a chyffwrdd â boch Sara. Ochneidiodd Sara'n hapus.

"Dwi'n deall pam mae Mat yn hoff iawn o Cawan. Mae e mor annwyl."

Disgynnodd Cawan ar y platfform ac estyn am yr ail fisgeden.

"Da iawn, Cawan," sibrydodd Ben.

Yr eiliad honno, ffrwydrodd sŵn uchel. Heb feddwl, taflodd y plant eu hunain ar styllod y platfform.

Gyda sgrech o fraw, i ffwrdd â Cawan, gan swingio drwy'r coed. Cyn hir roedd wedi diflannu.

"Sŵn gwn oedd hwnna?" gofynnodd Sara mewn dychryn.

"Dwi ddim yn meddwl," meddai Ben. "Ond dwi wedi clywed y sŵn yn rhywle o'r blaen." Cydiodd yn ei braich. "Mae rhywun yn dod drwy'r llwyni oddi tanon ni."

Syllodd y ddau dros ymyl y platfform. Roedd cysgod du yn brysio drwy'r goedwig.

"Dyn," hisiodd Ben. "Pam mae e yma yng nghanol nos?"

"Ar ei ôl e!" meddai Sara.

I ffwrdd â'r ddau ar hyd y llwybr sigledig, gan ddilyn y sŵn nes cyrraedd y platfform nesaf.

"Dyma lle gwelson ni Lola a Mimi," sibrydodd Sara. "Fan hyn, os wyt ti'n cofio, mae'r llwybr crog yn codi'n uwch. Mae 'na ysgol yma'n rhywle." Gwingodd wrth i glec arall atsain drwy'r awyr, gan ddychryn anifeiliaid y goedwig. "Beth yw'r glec 'na?"

O'r diwedd daeth o hyd i'r ysgol, a chan estyn yn ofalus drwy'r tywyllwch, dringodd o ffon i ffon.

"Brysia," hisiodd Ben. "Mae e'n dianc."

I ffwrdd â Sara ar unwaith, gan arwain y ffordd ar hyd styllod crynedig y llwybr newydd.

CRAC! O dan ei thraed atseiniodd sŵn pren yn hollti. Yr eiliad nesaf roedd hi'n disgyn drwy'r awyr a Ben yn gweiddi mewn braw.

Cododd Sara'i breichiau ac ymbalfalu'n wyllt. Caeodd ei bysedd am styllen a stopio gyda phlwc chwyrn a phoenus. Cydiodd mor dynn ag y gallai, heb edrych i lawr.

"Dal yn sownd," meddai Ben, gan wneud ei orau i beidio â'i dychryn.

"Dwi ddim yn bwriadu mynd i unman," snwffiodd Sara. *Yn enwedig tuag i lawr!* meddyliodd. Gallai weld cysgod Ben yn penlinio ar y llwybr, a'i law yn estyn amdani.

Ond yna sylwodd Sara ar rywbeth arall.

Roedd y rhaffau oedd yn dal y llwybr crog ar fin torri.

"Rhed, Ben!" gwaeddodd. "Mae'r llwybr cyfan ar fin disgyn!"

Daeth sŵn rhwygo wrth i wifren ola'r rhaff ddechrau breuo. Gwegiodd Sara'n sydyn, a'i choesau'n siglo.

Yna fe dorrodd y rhaff yn llwyr, ac i lawr â hi.

PENNOD SAITH

Eiliad yn unig gafodd Ben i ymateb. Pwniodd y botwm ar ei wregys ac, wrth blymio o'r platfform, teimlodd linyn yn tasgu o'i esgidiau tuag at y coed. Cydiodd yn strapiau rycsac Sara a disgynnodd y ddau drwy'r awyr.

Am eiliad chwyrlïai llwyni tywyll o flaen eu llygaid, wrth i'r ddaear wibio tuag atyn nhw ar ras wyllt.

Yna'n sydyn, roedd y ddau yn sboncio tuag i fyny.

"Da iawn, Wncwl Steffan!" gwaeddodd Ben yng nghlust Sara. Stopion nhw godi o'r diwedd

a hongian
uwchben y
ddaear, gan droelli'n ara bach. "Mae'n amlwg
fod BOA'n gweithio." Edrychodd Ben ar y
llawr islaw. "Dim sôn am grocodeil. Lawr â ni."
Pwysodd ei fawd ar un o fotymau'r teclyn ar ei
wregys a'u gollwng yn raddol.

"Felly am unwaith roeddet ti yn gwrando pan eglurodd Erica sut oedd BOA'n gweithio!" gwichiodd Sara, a simsanu wrth i Ben ollwng gafael arni. "Diolch byth 'mod i wedi strapio fy rycsac yn dynn."

Ffliciodd Ben y BOA oddi ar y gangen, a'i ailweindio. Yna edrychodd ar y llwybr yn hongian yn gam uwch eu pennau.

"Rydyn ni wedi colli'n prae," meddai Sara'n chwyrn. "Mae'n bell i ffwrdd erbyn hyn."

"Ond o leia rydyn ni'n gwybod pam oedd e yma," meddai Ben yn ddwys.

Edrychodd Sara arno'n syn.

"Nid damwain oedd honna." Roedd golwg ddifrifol ar wyneb Ben. "Pan graciodd y styllen, sylwes i fod rhywun wedi llifio hanner ffordd drwyddi – er mwyn iddi dorri pan fyddai rhywun yn sefyll arni."

Ebychodd Sara. "Roedd e wedi torri'r rhaffau hefyd!"

"Roedd y llwybrau'n berffaith ddiogel pan

ddaethon ni yma'n gynharach," meddai Ben. "A falle mai'r dyn oedd yn gyfrifol am y ddwy glec ryfedd 'na glywson ni."

"Fydd y dasg hon ddim yn syml wedi'r cyfan." Roedd golwg ofidus ar Sara.

"Rwyt ti'n iawn," meddai Ben. "Mae rhywun yn targedu'r warchodfa." Cleciodd ei fysedd yn sydyn. "A falle fod rhywun wedi canslo'r gwyliau'n fwriadol. Wyt ti'n meddwl mai'r torwyr coed ddychrynodd Cawan sy'n gyfrifol?"

"Dwi'n meddwl bod pwy bynnag sy'n gyfrifol yn nabod Mat," meddai Sara.

"Pam hynny?" gofynnodd Ben.

"Dwedodd Mat ei fod e'n dilyn yr un llwybr bob dydd pan fydd e'n galw ar Cawan. Dim ond ffrindiau Mat a'r gweithwyr fyddai'n gwybod hynny. Byddai Mat wedi camu ar y llwybr ac wedi cwympo – heb BOA i'w achub."

"Wyt ti'n meddwl bod Mat yn sylweddoli bod rhywun yn ei fygwth?" gofynnodd Ben.

74

"Os yw e, wnaiff e ddim dweud wrthon ni," meddai Sara. "Wedi'r cyfan, dim ond ymwelwyr ydyn ni."

Nodiodd Ben. "Rhaid i ni fynd ar unwaith i ddweud wrth Mat am y llwybr."

"A chyfaddef ein bod ni wedi bod allan yn y nos ar ein pennau'n hunain?" wfftiodd Sara. "Bydd e eisiau gwybod pam."

"Rwyt ti'n iawn," cytunodd Ben. "Fe welith e'r difrod yn y bore, beth bynnag."

Plygodd Sara'n sydyn a chodi stribed o bapur lliw arian o'r llawr. Estynnodd e i Ben a'i llygaid yn fflachio.

"Dim ond papur gwm cnoi yw e," wfftiodd Ben.

"Ie, ond cliw o bosib," meddai Sara. "Y dyn dorrodd y styllen sy wedi taflu hwn."

"Sut wyt ti'n gwybod hynny, ditectif?" meddai Ben. "Falle fod y papur ar lawr ers dyddiau!"

"Amhosib." Gwenodd Sara. "Mae'r papur yn

hollol sych. Roedd hi'n bwrw glaw cyn i ni ddod allan, felly doedd e ddim yma bryd hynny. A phwy arall fyddai yma yng nghanol nos?"

"Am glyfar!" ebychodd Ben. "Dwyt ti ddim mor ddwl ag rwyt ti'n edrych."

Gwthiodd Sara'r papur lliw arian i'w phoced. Yna rhwbiodd ei hysgwyddau o dan strapiau'i rycsac, ac ymestyn yn boenus. "Pan gwympon ni, buest ti bron â thynnu 'mreichiau i'n rhydd."

"Mae'n ddrwg gen i." Gwenodd Ben yn ddireidus. "Wna i ddim dy achub di'r tro nesa!" Gwasgodd fotwm ar ei BYG a daeth y map lloeren ar y sgrin. "Yn ôl â ni cyn i'r haul godi."

I ffwrdd â nhw, gan wthio drwy'r llwyni, ond cyn pen dim, roedd Sara wedi syrthio yn ei hyd.

"Aw!" gwichiodd, a rhwbio'i choes. "Mae 'na garreg neu rywbeth o dan y rhedyn."

Plygodd Ben i edrych a gwaeddodd mewn syndod. "A! Dwi'n cofio lle clywes i'r clecian o'r blaen. Wyt ti'n cofio'r sŵn ar y fferm drws nesa i fwthyn Mam-gu?" Gwthiodd y rhedyn i'r naill ochr a dangos bocs bach metel. "Peiriant dychryn adar yw e."

"Os yw'r peiriant yn clecian drwy'r nos, sdim rhyfedd bod Cawan wedi dianc, a sdim rhyfedd bod Lola a Mimi mor nerfus yn gynharach. Mae rhywun yn trio dychryn yr orangwtangiaid," meddai Sara.

"Digon posib bod Cawan wedi dod adre sawl gwaith, ond wedi cael ofn bob tro," meddai Ben.

"Dwi'n mynd i stopio'r sŵn," chwyrnodd Sara drwy'i dannedd, a rhoi cic galed i'r bocs. "Aw!"

"Gan bwyll," meddai Ben. Cydiodd yn ymyl y clawr metel a'i wthio ar agor. Y tu mewn roedd batri ac amserydd oedd yn gwneud i'r gwn danio yn oriau man y bore. Rhwygodd y weiars o'r batri a rhoi'r clawr yn ôl yn dynn. Gwenodd ar ei chwaer. "Gwell na thorri bysedd dy draed."

Dechreuodd yr adar ganu'u cân foreol wrth i'r plant gripian yn ôl drwy'r iard.

Roedd yr aer wedi troi'n boeth a llonydd. Cyn gynted ag y caeon nhw'r drws, goleuwyd eu stafell gan fellten sydyn. Asteiniodd taran uwchben a disgynnodd y glaw fel rhaeadr chwyrn heibio'r ffenest.

"Dyna lwcus ein bod wedi cyrraedd mewn pryd!" meddai Ben. "Fyddwn i ddim yn hoffi bod allan yn hwn!"

"Gobeithio bod y dyn cas 'na'n dal yn y goedwig!" meddai Sara, gan gerdded i fyny ac i lawr. "Rhaid i ni ddarganfod pwy yw e."

Agorodd Ben ei geg yn gysglyd. "Ond dim nawr." Cododd y rhwyd fosgito a disgyn ar ei wely. "Rhaid i fi gael rhagor o gwsg."

Aeth Ben i gysgu bron ar unwaith, ond bu Sara'n gorwedd yn effro am hir yn meddwl tybed sut oedd Cawan druan. Pan gysgodd o'r diwedd, roedd hi'n troi a throsi.

PENNOD WYTH

"Daud! Talib!" Daeth llais Mat o'r pellter a thorri ar draws ei breuddwydion. Clywodd Sara eiriau Maleieg a gwthiodd ei theclyn cyfieithu i'w chlust. "Dewch ar ras," clywodd, "a dewch ag offer."

Rhoddodd ysgytwad i Ben, gwisgo'i thrywsus hir a'i chrys-T a gwthio'i BYG i'w phoced. Cripiodd allan. Stryffagliodd Ben ar ei hôl, a blincian yn gysglyd yn yr haul. Swatiodd y ddau yng nghysgod y drws oedd yn arwain i'r iard. Safai Yasmin yn droednoeth ymysg y pyllau dwfn oedd yn sychu yn yr haul. Roedd ei llygaid yn fawr ac yn ofnus wrth wylio'i gŵr yn rhedeg tuag ati. Cydiai Bisa'n dynn am ei gwddw, a rhwbio'i foch yn erbyn ei boch fel petai'n ei chysuro.

"Mae'n iawn." Dododd Mat ei law ar ei braich. "Un o'r llwybrau crog sy wedi torri."

"Mae e wedi gweld y difrod yn barod!" sibrydodd Ben wrth ei chwaer. "Falle fydd e'n sylweddoli bod rhywbeth mawr o'i le."

"Ar y storm mae'r bai, siŵr o fod," ychwanegodd Mat. "Diolch byth nad oedd neb ar y llwybr ar y pryd."

"Wyt ti'n siŵr mai'r storm oedd yn gyfrifol?" ochneidiodd Yasmin. "Rydyn ni wedi cael cymaint o anlwc yn ddiweddar. Wyt ti'n meddwl mai'r torwyr coed sy wrthi?"

"Na, feiddien nhw ddim," meddai Mat yn dawel, wrth i Daud ddod â'r offer. "Paid â phoeni."

Sylwodd ar y ddau blentyn yn sefyll wrth y drws a daeth draw. "Mae'n ddrwg gen i, Ben a

Sara," meddai, â gwên fach gam. "Mae'n rhaid
i fi drwsio un o'r llwybrau crog ar frys. Ond
bydda i adre yn y prynhawn, ac mae gen i
syrpréis i chi. Yn y cyfamser, bydd Yasmin yn
gofalu amdanoch chi."

Trodd at Daud ac egluro beth oedd wedi
digwydd ym Maleieg. Clywodd y plant e'n
gofyn, "Ble mae Talib?"

"Roedd e'n torri pren yn gynharach," meddai
Daud. "Dwi ddim yn meddwl ei fod e wedi
clywed."

Ar y gair, daeth Talib i'r golwg â phentwr o
bren yn ei freichiau. Pan welodd ei gyflogwr,
edrychodd yn flin am eiliad.

"Dyna beth od," mwmialodd Sara, wrth i'r
ddau weithiwr ddilyn Mat i'r goedwig. "Sylwest
ti mor flin oedd Talib?"

"Dyw e ddim eisiau rhagor o waith, mwy na
thebyg," meddai Ben.

Trodd gwraig Mat yn drist at y drws lle roedd
y plant yn sefyll.

"Ydy popeth yn iawn?" gofynnodd Ben yn ddiniwed, gan ddal y drws ar agor led y pen iddi. "Mae pawb yn edrych mor ofidus."

"Llwybr sy wedi torri, dyna i gyd," meddai Yasmin. Gwenodd yn wanllyd. Doedd hi ddim mor optimistaidd â'i gŵr, sylweddolodd y plant. "Barod am frecwast?" Aeth â nhw i'r gegin. "Nasi lemac yw ein brecwast ni, sef reis wedi'i ferwi mewn llaeth cnau coco. Mae'n flasus iawn. Ond ga i ofyn ffafr? All un ohonoch chi ddal Bisa tra bydda i'n coginio? Mae e'n walch bach mor ddrwg, cha i ddim llonydd."

Tynnodd Yasmin y babi orangwtang o'i gafael a'i estyn i'r plant.

"Rhowch e i Sara," chwarddodd Ben. "A byddwch yn barod am yr 'Wwww!' a'r 'Aaaaaa!'"

Gwenodd Sara a chamu ymlaen. Edrychodd yr epa bach braidd yn ansicr, cyn dringo'n ara ar ei hysgwydd. Teimlodd Sara ei anadl ar ei gwddw – ac yna'i law flewog yn tynnu BYG o'i

phoced! Gwichiodd Sara a chydio yn y teclyn
cyn i Bisa ei roi yn ei geg. Roedd dwylo Bisa'n
syndod o gryf. Wrth i Sara dynnu am y gorau a
thrio anwybyddu'r sgrechiadau yn ei chlust,
daeth sŵn chwerthin dwfn o gyfeiriad y drws.
Camodd Mr Ostrander i mewn, gan wthio'i
sbectol haul i boced dop ei grys.

"Wnei di byth ennill yn erbyn Bisa," meddai.
"Fe yw'r bòs, yntefe, Yasmin?"

Cododd Yasmin ei phen. "Bore da, Pieter," meddai'n llon. "Ie, Bisa yw'r bòs, er mai fe yw'r lleia." Pwyntiodd at sedd wag. "Chi'n cofio Ben a Sara?"

"Falch o'ch gweld chi eto," meddai Mr Ostrander. Trodd at Sara oedd yn dal i drio gwthio'r BYG yn ôl i'w phoced. "Bydd yn ofalus, neu bydd y gwalch bach yn dwyn dy declyn gemau. Mae e'n edrych yn rhy dda i'w golli."

Gwenodd Sara. Doedd gan Mr Ostrander ddim syniad pa mor dda oedd e!

"Fe golloch chi Mat, yn anffodus," meddai Yasmin wrtho. "Mae e wedi mynd i drwsio un o'r llwybrau crog."

"Effaith y storm?" gofynnodd Mr Ostrander. "Roedd hi'n arw iawn neithiwr."

"Mwy na thebyg," meddai Yasmin gan roi nasi lemac ar blatiau'r plant.

Ildiodd Bisa'r BYG o'r diwedd. Disgynnodd ar lawr ac anelu am garrai esgid Mr Ostrander.

Cododd Yasmin e ar unwaith. "Dere, babi drwg. Mae'n bryd i ti gysgu."

"Beth yw'ch cynlluniau chi'ch dau heddiw?" gofynnodd Mr Ostrander.

"Mae gan Mat syrpréis i ni prynhawn 'ma," meddai Sara.

"Ond dwi ddim yn siŵr be fyddwn ni'n wneud bore 'ma, achos mae e'n brysur," ychwanegodd Ben.

"Pa mor fawr yw'ch planhigfa chi, Mr Ostrander?" gofynnodd Sara'n sydyn. "Ydych chi'n gwybod faint o goed sy ynddi?"

"Cwestiwn anodd!" atebodd Pieter Ostrander.

"A pha mor fawr yw'r tractorau?" meddai Sara eto. "Betia'u bod nhw'n enfawr!"

Syllodd Ben ar ei chwaer. Pam oedd hi eisiau dysgu am balmwydd olew?

"Mae gen i syniad," meddai Mr Ostrander, gan wenu. "Gan fod gyda chi gymaint o ddiddordeb, beth am ddod draw i weld y cyfan drosoch eich hun?"

Gwelodd Ben ei chwaer yn gwenu arno. Felly dyna'i chynllun! Roedd hi wedi llwyddo i gael gwahoddiad i'r blanhigfa. A doedd hi ddim yn bwriadu cyfri coed, na syllu ar dractorau. Roedd Sara'n gobeithio gweld Cawan a sicrhau ei fod yn ddiogel.

PENNOD NAW

Safodd Ben a Sara ym mhen blaen cwch
modur Mr Ostrander, a'i wylio'n torri drwy
ddŵr brown Afon Munia. Roedden nhw
wedi ymweld â'r ffatri brosesu ac wedi cael
cynnig pob math o fwyd yn y stafell fwyta
grand. Nawr roedden nhw ar eu ffordd i
weld y caeau palmwydd olew.

Ar y lan dde roedd y rhesi o balmwydd
ddangosodd Mat o ben y llwybr. Ar y
chwith roedd coed glaw'r warchodfa. Yng
nghanol y coed roedd rhywun yn
morthwylio.

"Mat a'i ddynion sy'n trwsio'r llwybr,"
meddai Sara. "Bydd raid iddyn nhw archwilio
pob darn. Byddan nhw wrthi am oriau."

"Dyma'r tro yn yr afon welson ni ddoe,"
sibrydodd Ben. "Rydyn ni'n agosáu at hen
diriogaeth Cawan."

"A'r ochr draw mae ffin y warchodfa a'r
planhigion palmwydd newydd," meddai Sara.
"Dyma nhw nawr."

"Dyma lle gwelwyd Cawan, yn ôl Mat,"
meddai Ben. "Rywsut rhaid i ni fynd i mewn i'r

coed i chwilio amdano. Wrth gwrs allwn ni ddim gofyn caniatâd."

"Pam lai?" meddai Sara. "Does dim rhaid i ni sôn am Gwyllt." Gan gydio'n dynn yn y rheilen ddiogelwch, aeth yn ôl i'r caban lle roedd Mr Ostrander yn llywio'r cwch.

"Ydy Mat wedi dweud wrthoch chi fod ei hoff orangwtang ar goll?" gofynnodd Sara.

"A! Cawan," meddai Mr Ostrander â golwg ddifrifol ar ei wyneb. "Mae e wedi gadael y warchodfa, er siom fawr i Mat. Mae rhywun wedi gweld y creadur bach yn fy nghoed i, ond dwi ddim wedi'i weld."

"Allwn ni fynd i edrych draw fan'na?" Pwyntiodd Sara at ddarn o dir lle tyfai rhesi o goed bach newydd. "Byddwn i wrth fy modd yn ei weld – er mwyn dweud wrth Mat ei fod e'n ddiogel," ychwanegodd yn gyflym.

"Mae croeso i chi fynd i chwilio," meddai Mr Ostrander.

Wrth i'r afon droi i'r dde, llywiodd Mr

Ostrander y cwch at lanfa fach ar y lan chwith
a diffodd yr injan.

"Fel y gwelwch chi, dyma fy nghoed
diweddara i," eglurodd Mr Ostrander, gan eu
harwain rhwng y barilau olew tuag at y coed
ifanc. "Ymhen pedair blynedd bydd eu
ffrwythau'n barod i gynhyrchu olew. I ofalu
amdanyn nhw, mae gen i ddeg y cant yn fwy o
weithwyr. Mae'n help mawr i'r economi leol."

Edrychodd Ben ar Sara. Gallai ddyfalu beth
oedd ei meddyliau. Roedd y sgwrs yn ddiddorol
iawn, ond roedden nhw ar bigau'r drain i
ddechrau chwilio rhwng y coed.

Pwyntiodd Mr Ostrander at sied newydd â tho
coch yn y pellter. "Dyna lle bydda i'n storio'r
cnwd nesa o ffrwythau'r palmwydd. Wedyn
byddan nhw'n mynd draw i'r ffatri brosesu."

Canodd ei ffôn symudol. "Esgusodwch fi,"
meddai, gan daro'r sgrin â'i fys. "Ewch chi
'mlaen, a rhowch wybod os gwelwch chi
Cawan."

Heb wastraffu amser, rhedodd Ben a Sara rhwng y barilau nes cyrraedd y rhesi twt o goed. Gan gadw'r barilau o fewn golwg, fe gerddon nhw rhwng canghennau isel y palmwydd olew, gan wrando'n astud ar alwadau creaduriaid anweledig. Cydiodd Ben yn ei BYG a gwasgu botymau. "Dwi'n dadansoddi'r galwadau," meddai. "Dim un orangwtang, mae arna i ofn – dim ond adar."

"Ife Talib yw hwnna?" meddai Sara'n sydyn. "Draw fan'na, yn dod drwy'r drws bach ym mhen pella'r sied." Tynnodd ei beinociwlars o'r rycsac a sŵmian ar weithiwr yn cario can trwm. "Ie, Talib yw e," meddai'n syn. "Pam mae e ar dir Mr Ostrander? Roedd e i fod helpu Mat i drwsio'r llwybr."

Cripiodd y ddau tuag at y sied fawr bren, a gweld Talib yn stopio am foment. Gollyngodd y can, tynnu rhywbeth o'i boced, ei agor a'i roi yn ei geg. Cyn dechrau cnoi, taflodd ddarn o bapur ar lawr. Cododd Talib y can eto, a mynd yn ei flaen drwy'r coed.

"Welest ti hynna?" ebychodd Sara. Rhedodd i godi darn o bapur lliw arian. "Mae hwn yn union 'run fath â'r un oedd o dan y llwybr crog neithiwr. Wyt ti'n meddwl mai Talib dorrodd y llwybr?"

"Beth oedd yn ei law?" mwmialodd Ben. "Dere i ni edrych yn y sied."

Cripiodd y ddau drwy'r drws. Stafell fach yn llawn offer oedd yn y pen hwn o'r sied. Hongiai cribinau, rhofiau a chyllyll machete ar y waliau. Yn un gornel roedd hen darpolin brwnt. Cododd Ben y tarpolin a gweld pedwar can yn union 'run fath â'r un oedd gan Talib yn ei law. Cydiodd mewn tun a chlywed sŵn hylif yn slochian.

"Petrol!" ebychodd Sara, gan sniffian. "Pam fyddai Talib yn dwyn petrol?"

"Os wyt ti'n iawn, ac os mai fe daflodd y papur yn y coed," meddai Ben, "yna Talib yw gelyn Mat. Talib lifiodd y llwybr a rhoi'r peiriant dychryn adar yn y coed. A nawr mae gen i ofn ei fod am wneud rhywbeth gwaeth fyth. Mae'n mynd i losgi'r warchodfa!"

PENNOD DEG

Sgwrsiodd Mr Ostrander yn llon ar y daith yn ôl i Warchodfa Adilah. Yng nghefn y car gwnaeth Ben a Sara eu gorau i'w ateb heb ddangos bod dim o'i le.

Cofiodd Ben yr olwg ryfedd ar wyneb Talib pan soniodd Mat am y difrod i'r llwybr crog. Yn amlwg, doedd e ddim yn disgwyl gweld Mat ar ei draed. Roedd raid darganfod mwy am Talib. Falle gallai Mr Ostrander helpu, ond sut oedd codi'r cwestiwn heb ddatgelu'u cyfrinach?

"Doedd dim sôn am Cawan? Dyna drueni," meddai Mr Ostrander yn garedig.

"Dwi'n siŵr bydd Mat yn dal i chwilio," atebodd Ben. "A'i weithwyr," ychwanegodd yn sydyn. "Dwi'n gwybod bod Daud yn hoff iawn o Cawan."

"Ond dwi ddim yn siŵr am Talib," meddai Sara ar ei draws, gan sylweddoli beth oedd bwriad ei brawd. "Mae e'n dawel iawn. Sut un yw e, Mr Ostrander?"

"Dwi ddim yn nabod gweithwyr Mat yn dda iawn," atebodd perchennog y blanhigfa. "P'un yw Talib?"

"Mae e'n hŷn na Mat, a'i wallt yn gwynnu," eglurodd Ben.

"Dyn surbwch!" Cododd Mr Ostrander ei ysgwyddau. "Dwi erioed wedi siarad ag e." Llywiodd y jîp drwy gatiau'r warchodfa.

Roedd Mat yn disgwyl amdanyn nhw ar yr iard.

"Barod am y syrpréis?" meddai'n llon, wrth i gar Mr Ostrander ddiflannu mewn cwmwl o lwch. "Fe gewch chi bum munud i 'molchi, wedyn fe gwrddwn ni fan hyn."

Yn eu stafell, trodd y plant at ei gilydd yn ofidus.

"Does gyda ni ddim amser i'w wastraffu ar syrpréis," meddai Ben.

"Na," meddai Sara, "ond sut mae stopio Talib? Gallai gynnau tân unrhyw funud. Rhaid i ni ddweud wrth Mat."

"Allwn ni ddim," meddai Ben. "Byddai'n rhaid i ni sôn am y llwybr a'r sied. Dyw e ddim i fod i wybod am ein tasg ni. A falle fyddai e ddim yn ein credu, beth bynnag."

"Rhaid i ni alw Wncwl Steffan." Cododd Sara'i BYG a gwasgu'r botwm brys oedd yn cysylltu'n syth â phencadlys Gwyllt.

"Sut hwyl?" Swniai'u tad bedydd yn gysglyd iawn. Roedd hi'n ganol nos ar ei ynys. "Unrhyw newyddion am Cawan?"

"Rydyn ni wedi'i weld e," meddai Sara. "Ond mae gyda ni broblem."

"Problem ddifrifol," meddai Wncwl Steffan,

ar ôl gwrando ar adroddiad Sara. "Mae Erica yng ngogledd Borneo. Fe ddweda i wrthi am hysbysu'r awdurdodau ar unwaith – yn ddienw, wrth gwrs. Fe fyddan nhw ar eu ffordd yn syth. Mae tân mewn coedwig yn beryglus dros ben."

"Ac ar ôl setlo'r broblem honno, fe ddefnyddiwn ni'r recordiad i ddenu Cawan yn ôl i'w hen gartref," ychwanegodd Sara. "Does 'na ddim peiriant adar yno i'w ddychryn bellach."

"Ewch chi a mwynhau eich syrpréis," meddai eu tad bedydd. "Gadewch bopeth i fi."

"Barod?" galwodd llais Mat o'r iard. Codon nhw'u rycsacs ar eu cefnau a mynd allan. Roedd Mat yn sefyll yn ymyl jîp bach to agored. Gwenodd yn llon. "Neidiwch i mewn!"

"Ble y'n ni'n mynd?" gofynnodd Sara, wrth i Mat yrru ar hyd llwybr anwastad, drwy goed trwchus.

"Fe gewch chi weld mewn munud."

Gyrrodd y jîp rownd y gornel ac o'u blaen

98

roedd man clir, tua maint cae pêl-droed, yn
arwain at lanfa. Glanfa i awyrennau,
sylweddolodd Ben a Sara, ac yna fe welson
nhw rywbeth yn sgleinio yn y gwres ar ganol y
tarmac.

"Balŵn!" ebychodd Ben. "Ffantastig!"

Gwichiodd Sara'n hapus. "Dwbwl ffantastig!"

"Dyma'r ffordd orau i weld y goedwig law," chwarddodd Mat. "Barod am reid fach?"

Draw â nhw at y falŵn oedd yn dal i gael ei llenwi ag aer poeth.

"Dyw'r syrpréis ddim yn wastraff amser wedi'r cyfan," mwmialodd Sara wrth Ben.

Crychodd talcen ei brawd. "Pam?" gofynnodd.

"Os bydd tân wedi'i gynnau, byddwn ni'n gallu gweld yn union ble mae e ac anfon neges ar unwaith!"

Roedd fflam yn llosgi o dan ganopi'r falŵn fawr goch. *Wwwsh!* Trodd Mat y fflam yn uwch. Daeth dyn i ddatod y rhaffau a theimlodd Ben a Sara'r fasged yn codi i'r awyr.

"Mae'n siglo!" gwaeddodd Sara, uwchben rhu'r fflam.

"Fe ddoi di'n gyfarwydd ag e." Gwenodd Mat.

Cyn hir roedden nhw'n codi uwchben y coed. Tynnodd Mat gortyn.

"Dwi'n agor y falf barasiwt ychydig bach," meddai. "Peidiwch â phoeni. Fyddwn ni ddim yn neidio! Dwi'n gollwng aer i'n stopio rhag codi'n uwch. Deimloch chi blwc ar y fasged? Mae'r gwynt yn chwythu i wahanol gyfeiriadau, yn dibynnu pa mor uchel ydyn ni. Rydyn ni wedi cyrraedd ffrwd o wynt sy'n chwythu i'r de-orllewin. Bydd hwn yn ein cario dros y warchodfa."

"Ac os ydyn ni am newid cyfeiriad, rhaid i ni godi neu ddisgyn nes cyrraedd gwynt arall," meddai Ben.

"Yn union!" meddai Mat. "Alla i ddim addo glanio yng nghanol y tarmac, ond dwi erioed wedi methu'r lanfa."

Uwchben canopi'r goedwig, roedd yr aer yn fwy ffres, a'r plant yn mwynhau teimlo'r awel ar eu crwyn. Islaw gleidiai parotiaid dros y coed, a'u hadenydd lliwgar yn fflachio drwy'r awyr.

"Dyma Warchodfa Adilah," meddai Mat yn falch, gan estyn ei fraich i ddangos ei dir.

Roedd brigau ucha coed tal y warchodfa bron â chyffwrdd â'i gilydd. Rhyngddyn nhw tyfai coed llai. Edrychai'r goedwig fel môr gwyrdd diddiwedd.

"Mae rhai o'r coed yn saith deg pum metr o daldra," eglurodd Mat. "Mae pob math o

greaduriaid yn byw yno: mwncïod, corynnod, nadroedd a madfallod."

Cysgododd Sara'i llygaid. "Beth yw'r mynydd draw fan'na?" gofynnodd, a phwyntio at y copa moel yn y pellter.

"Mynydd Kinabalu," atebodd Mat. "Gan ein bod ni mor uchel, fe gewch chi olygfa dda." Estynnodd feinociwlars iddyn nhw.

"Dwi ddim yn hoffi golwg y cymylau du dros y mynydd," meddai Ben, gan syllu drwy'r beinociwlars. "Fyddwn ni'n gwlychu?"

"Maen nhw'n ddigon pell," meddai Mat. "Paid â phoeni. Byddwn ni adre cyn y glaw. Dwi'n mynd i droi i'r dde dros y warchodfa. Dyma ffin y de-ddwyrain, a'r ochr draw mae'r coed palmwydd."

"Y coed bach newydd yw'r rheina," meddai Sara. "O'r fan hyn maen nhw'n edrych fel pos dot-i-ddot."

"Rhaid i ni godi rywfaint," meddai Mat, gan droi'r fflam yn uwch. "Gyda lwc, fe ddaw gwynt caredig i'n chwythu tua'r gogledd."

"Mae'r falŵn yn siŵr o ddenu twristiaid," meddai Ben. "Byddi di mor brysur, bydd angen rhagor o weithwyr."

"Falle," chwarddodd Mat. "Ond mae Daud a Talib yn hen ddigon ar y foment."

Cipedrychodd Sara ar Ben. "Ers pryd maen nhw'n gweithio i ti?"

"Roedd Daud a fi yn yr ysgol gyda'n gilydd," atebodd Mat. "Mae Talib yn gweithio i Mr Ostrander ers blynyddoedd. Mae Pieter wedi'i roi ar fenthyg i fi am ychydig. Roedd e'n meddwl bod angen help arna i, gan ein bod ni'n mynd i groesawu ymwelwyr." Camodd i ochr bella'r fasged i edrych ar ei fap a gweld ble yn union oedden nhw.

"Dwi ddim yn deall," hisiodd Ben yng nghlust Sara. "Dyw Mr Ostrander ddim yn nabod Talib – dyna beth ddwedodd e."

Er gwaetha'r gwres, teimlodd Sara ias oer ar ei chefn. "Pam byddai e'n dweud celwydd?"

sibrydodd. "Mae e'n ffrind i Mat."

Yn sydyn cydiodd Ben yn ysgwydd Sara, a gwasgu'i fysedd i'w chroen. "Beth os yw e'n twyllo? Os wyt ti'n cofio, dwedodd Mat fod Mr Ostrander eisiau prynu Adilah pan ddaeth e yma gynta. Dwi'n deall nawr! Pan wrthododd Mat werthu, fe benderfynodd fachu'r warchodfa beth bynnag."

"Ti'n meddwl mai fe sy wedi trefnu i ganslo'r gwyliau, torri'r llwybr a dychryn yr orangwtangiaid – a gyrru'r torwyr coed i ddychryn Cawan hefyd?" sibrydodd Sara mewn braw. "Dim ond esgus helpu Mat oedd e. Fe yrrodd e Talib i'r warchodfa er mwyn ei difetha."

"Cynllun clyfar." Nodiodd Ben. "Roedd Ostrander yn arwr pan yrrodd e'r torwyr coed i ffwrdd. Ond betia i ti mai fe yrrodd nhw yno yn y lle cynta. Mae e eisiau i'r warchodfa fethu. Wedyn bydd e'n garedig iawn yn cynnig helpu Mat drwy brynu'r lle."

Yr eiliad honno ffrwtiodd y fflam uwch eu pennau. Trodd Mat y cylch ar un o'r silindrau nwy, a chrychodd ei dalcen. "Dim nwy. Ond roedd *pob* silindr i fod yn llawn." Cododd ei ysgwyddau. "Bydd y ddau arall yn iawn, dwi'n siŵr." Agorodd falf silindr arall ar ras, ond dal i ffrwtian wnaeth y fflam. Sylwodd Ben a Sara fod Mat yn dechrau poeni.

"Dwi ddim yn deall," mwmialodd.

"Dwedais i wrth

Talib am lenwi pob silindr, ac yn ôl y mesuryddion maen nhw'n llawn."

"Talib!" gwaeddodd Sara. "Talib lenwodd y silindrau?"

Plygodd Ben a syllu. Roedd darn bach o gwm cnoi o dan nodwydd y mesurydd.

"Edrych y tu mewn i'r gwydr!" gwaeddodd. "Mae e wedi defnyddio'r gwm i wneud i'r silindr edrych yn llawn."

Trodd Mat y drydedd falf, a diferion o chwys yn cronni ar ei dalcen. "Mae gwm ar hwn eto. Mae rhywun wedi difetha pob un yn fwriadol! Pam byddai Talib yn gwneud y fath beth?"

Syllodd y plant arno a'u hwynebau'n wyn. Uwch eu pennau ffrwtiodd y fflam … a diffodd. Mewn dychryn llwyr teimlodd Ben a Sara'r gwynt yn chwibanu heibio'u clustiau wrth i'r falŵn ddechrau disgyn drwy'r awyr, a chyflymu. Heb yr aer poeth, roedd croen neilon y falŵn yn fflapian yn swnllyd, a gwyrddni trwchus y coed yn rhuthro tuag atyn nhw.

"Gwnewch eich hunain mor fach â phosib!" gwaeddodd Mat uwchben y sŵn. "Lapiwch eich breichiau amdanoch. Gyda lwc, fe laniwn ni'n ddiogel ar ganopi'r coed."

Sylwodd Ben a Sara mor agos oedd tir agored y blanhigfa balmwydd. Os glanien nhw fan'ny, roedd hi ar ben.

PENNOD UN AR DDEG

Sgrechiodd Sara wrth i'r fasged ddisgyn ar y coed a'i thaflu yn erbyn Ben. O'i chwmpas roedd sŵn byddarol brigau'n crensian a chlecian. Llithrodd y fasged drwy'r canopi, a bron iawn i Ben gael ei daflu dros yr ochr. Cydiodd Sara yn ei fraich a'i lusgo'n ôl. Cydiodd y ddau yn ei gilydd a swatio yng nghornel y fasged.

Yn sydyn, gyda phlwc enfawr, daeth y fasged i stop gan ysgwyd yn gam o un ochr i'r llall. Roedd croen y falŵn wedi bachu yn y brigau uwchben.

"Diolch byth!" ebychodd Sara, gan gydio mewn rhaff a thynnu'i hun i fyny.

Sbeciodd Ben dros yr ymyl. "Mae'r falŵn wedi bachu mewn coeden. Rydyn ni'n ddiogel – am y tro."

"Ond edrych ar Mat!" Cripiodd Sara at eu peilot oedd yn gorwedd yn llipa.

"Ydy e'n fyw?" Cripiodd Ben ar ei hôl, a'r fasged yn ysgwyd yn fygythiol.

Teimlodd Sara bŷls Mat. "Mae e'n anymwybodol," meddai'n llawn gofid. "Mae wedi cael cnoc ar ei ben."

Estynnodd Ben am ei BYG. "Dwi'n mynd i ffonio Wncwl Steffan," meddai. "Gall e alw am help—"

Sgrechiodd wrth i groen y falŵn rwygo. Disgynnodd y fasged ar gangen is.

"Does dim amser," meddai Sara'n daer. "Rhaid i ni gyrraedd y llawr."

"Gallwn ni ddefnyddio BOA," meddai Ben. "Fe garia i Mat."

Gwasgodd Sara fotwm ar ei gwregys BOA. Wrth neidio o'r fasged, teimlodd y cortyn yn bachu'r canghennau uwchben.

Cydiodd Ben yn dynn am ganol Mat a pharatoi i neidio. Roedd hi'n bwysig cadw o ffordd y fasged, a oedd yn ysgwyd yn beryglus. Petaen nhw'n cael eu dal ganddi a'u llusgo tuag i lawr, fyddai'r BOA ddim yn gweithio. Ond roedd Mat yn drwm ac yn swrth. Allai Ben mo'i symud o gwbl.

Gyda chrac uchel torrodd y gangen a daeth y fasged yn rhydd. Taflwyd Ben i'r awyr, a chydiodd yn dynn ym Mat wrth blymio i'r llawr. Roedd ei galon yn curo'n wyllt. Beth os oedden nhw'n rhy drwm i'r BOA? Yna, diolch byth, teimlodd blwc y cortyn.

Cyn gynted ag oedd Mat yn ddiogel ar lawr, teimlodd Sara ei bŷls. "Mae'n gyflym iawn," meddai'n bryderus, "ac mae e'n edrych mor welw."

"Rhaid i ni fynd ag e at ddoctor cyn gynted â phosib," mynnodd Ben. "Dwi'n mynd i alw Wncwl Steffan."

Clywodd feic cwad yn chwyrnu drwy'r coed.

"Mae rhywun wedi gweld y falŵn yn disgyn!" gwaeddodd. "Mae help ar y ffordd!"

"Ac fe all y beic fynd â Mat i'r ysbyty," meddai Sara'n gyffrous. "Draw fan hyn!" Neidiodd ar ei thraed a chwifio'i breichiau.

Ond pan ddaeth y beic cwad i'r golwg, teimlodd ias o ddychryn.

Doedd y gyrrwr ddim wedi dod i'w hachub. Pieter Ostrander oedd e. Diffoddodd yr injan,

daeth oddi ar y beic a rhedeg tuag atyn nhw.

O gil ei llygad, gwelodd Sara fysedd Ben yn estyn am y BYG. *Does bosib ei fod e'n mynd i alw Wncwl Steffan*, meddyliodd. Mae'n rhy beryglus. Ond rhag ofn ei fod e, rhedodd Sara at Mr Ostrander i dynnu ei sylw.

"Diolch byth eich bod chi wedi dod," llefodd. "Rydyn ni wedi cael damwain, ac mae Mat wedi cael dolur."

"Gweles i'r falŵn yn disgyn," meddai Mr Ostrander. Roedd e'n swnio'n garedig, ond chafodd y plant mo'u twyllo. "Des i draw mor gyflym ag y gallwn i. Dyna ddamwain ofnadwy."

Aeth at Mat. Hanner agorodd Mat ei lygaid.

"Nid damwain," meddai'n gryg. "Talib wnaeth hyn ... eich gweithiwr ..."

"A!" meddai Pieter Ostrander. Syllodd i lawr ar Mat a chaledodd ei lais. "Petaet ti heb ddweud hynna, byddwn i wedi dy achub a dal i esgus bod yn ffrind. Ond nawr alla i ddim gadael i ti fyw rhag ofn y gwnei di ddatgelu'r cyfan. Fyddai hynny ddim yn siwtio fy nghynllun o gwbl."

Syllodd Mat arno mewn syndod llwyr. Safai'r plant yn fud. Doedden nhw ddim wedi sylweddoli bod Mr Ostrander mor benderfynol o gael ei ddwylo ar y warchodfa.

Yr eiliad honno atseiniodd trydar byddarol drwy'r awyr. Gwelodd Sara BYG ei brawd yn disgyn i'r llawr a throed Ben yn ei gicio'n llechwraidd o dan y llwyn. Allen nhw ddim galw Wncwl Steffan, felly roedd Ben wedi penderfynu galw rhywun arall. Ond sut gallai Cawan helpu?

Neidiodd Mr Ostrander pan glywodd y trydar. Tynnodd wn o'i boced.

"Beth yw'r sŵn 'na?" gofynnodd yn chwyrn.

"Aderyn, siŵr o fod," meddai Ben, a'i wynt yn ei ddwrn. "Y beic cwad wedi'i ddychryn."

Gostyngodd Mr Ostrander y gwn. "Dylech chi ddiolch i fi," meddai, â gwên oeraidd. "Fory fe fyddwch chi'n enwog, a'ch hanes ym mhob papur newydd. Mat a dau dwrist ifanc wedi'u lladd mewn damwain falŵn erchyll."

"Ond chawson ni mo'n lladd," meddai Sara'n ddewr.

"Na, ond bydd pawb yn meddwl hynny, Sara. A fydd 'na ddim tystiolaeth oherwydd bydd tân wedi sgubo drwy'r warchodfa."

Pwyntiodd y gwn eto, a thynnu darnau o raff o'i boced. Camodd at Mat oedd yn methu credu'i glustiau. "Bydd y rhaff yn diflannu yn y tân. Fydd 'na ddim tystiolaeth."

"Ro'n i'n meddwl dy fod ti'n ffrind i fi, Pieter," sibrydodd Mat.

Chwarddodd Ostrander yn greulon, a thynnu dwylo Mat y tu ôl i'w gefn.

Dechreuodd Sara gripian i ffwrdd.

Cododd Pieter Ostrander un ael. "Paid â symud, Sara. Byddai'n *well* gen i beidio â saethu, achos fydd y tân ddim yn difa'r bwledi. Ond fe wna i, os bydd raid. A fydda i ddim yn methu. Dwi'n saethwr gwych."

"Ond os cyneuwch chi dân, falle fydd y coed palmwydd yn llosgi," mynnodd Sara.

"Dwi wedi meddwl am hynna, Sara," atebodd Mr Ostrander. "Dyw'r gwynt ddim yn chwythu i'r cyfeiriad hwnnw. Dwi a Talib wedi gwneud yn hollol siŵr." Edrychodd ar ei wats. "Mae Talib wrthi'n cynnau'r tân y funud hon."

Yn sydyn atseiniodd sgrech wyllt uwch ei ben. Edrychodd Pieter Ostrander i fyny mewn braw a gweld cysgod oren yn neidio'n ffyrnig tuag ato.

"Cawan!" gwaeddodd Sara.

Mewn chwinciad roedd Cawan wedi hyrddio

Mr Ostrander i'r llawr. Tasgodd y gwn o'i afael.

Cyrliodd Cawan ei wefus mewn tymer. Trodd a chodi'r gwn.

"Rho fe ar y llawr," meddai Mat yn dawel. "Tafla fe."

Gyda sgrech fain cododd Cawan y gwn uwch ei ben, a'i daro yn erbyn boncyff coeden. Taro a tharo nes oedd e'n rhacs. O'r diwedd taflodd yr arf diwerth i ganol y llwyni.

Wedyn, trodd Cawan at ei elyn. Gan ddefnyddio'i benelinoedd, gwthiodd Pieter Ostrander ei hun dros y llawr mewn panig llwyr, a neidio ar ei draed. Herciodd at y beic cwad a rhuo i ffwrdd.

Gwyliodd Cawan e'n mynd. Cododd ei ên a gwneud sŵn cras, dwfn. Atebodd creaduriaid eraill o'r coed ac am ychydig eiliadau roedd côr o sgrechiadau'n atsain drwy'r canopi. Yna trodd yr orangwtang a syllu ar y plant.

Feiddiai Sara ddim symud. "Beth os yw e'n meddwl ein bod ni'n elynion hefyd?" meddai. "Wedi'r cyfan, roedden ni yma neithiwr pan gafodd e 'i ddychryn."

Ond doedd dim ofn ar Cawan nawr. Eisteddodd yn ymyl Mat a mwytho'i ben. Agorodd llygaid Mat a syllodd ar ei ffrind.

"Da iawn, Cawan," sibrydodd yn wanllyd. "Rwyt ti'n fachgen dewr."

"Rhaid i ni adael y goedwig, cyn i Talib

gynnau'r tân," meddai Sara. Aeth at Mat a datod y rhaffau.

Heb i Mat weld, estynnodd Ben am ei BYG. Roedd hi'n bwysig rhoi gwybod i Wncwl Steffan eu bod mewn perygl. Ond wrth iddo wasgu botwm brys Gwyllt, clywodd Sara'n gweiddi mewn braw.

"Ben!" gwaeddodd. "Dwi'n arogli mwg. Mae'r tân yn dod."

PENNOD DEUDDEG

"Helô!" galwodd llais Wncwl Steffan o'r BYG.

"Mae Ostrander yn ceisio difetha'r warchodfa!" gwaeddodd Ben. "Mae'n llosgi'r goedwig – a ninnau ynddi!"

"Mae'r signal yn dweud wrtha i ble y'ch chi," atebodd Wncwl Steffan ar unwaith. "Mae'r tân tua'r dwyrain. Ewch i'r cyfeiriad arall – mor gyflym ag y gallwch chi!"

Cydiodd Sara ym mraich iach Mat a'i orfodi i godi. "Rwyt ti'n dod gyda ni!"

Gyda help Sara, herciodd Mat gam neu ddau, cyn gwegian a phwyso'n drwm ar ei hysgwydd. Daeth Ben i sefyll yr ochr arall iddo.

Llefodd Cawan yn ofidus a symud i ffwrdd. Yna stopiodd, troi a chlecian ei ddannedd yn daer.

"Mae'n anelu am y blanhigfa, ac mae am i ni ei ddilyn," ebychodd Ben, gan roi cip slei ar y map ar y BYG. "Mae'n aros ar y llawr, achos mae e'n gwybod na allwn ni ddim dringo."

Symudodd y plant mor gyflym ag y gallen nhw, gan hanner cario'r claf. Roedd gwreiddiau a brigau'n bygwth eu baglu bob cam. Uwchben, siglai'r gwynt bennau'r coed. Roedd e'n chwythu'n syth i'w hwynebau.

"O leia dyw e ddim yn chwythu'r tân tuag aton ni," meddai Sara drwy'i dannedd.

Ond yn sydyn cryfhaodd yr arogl llosgi a daeth blas chwerw a siarp y mwg i'w cegau. Anadlodd y ddau'n ofalus rhag tagu. Rhwng Ben a Sara ochneidiai Mat yn boenus gan hercian yn ei flaen. Yn y coed uwchben roedd anifeiliaid yn crafangu a gwichian mewn braw wrth geisio dianc o'u cartrefi. Galwai Cawan yn daer arnyn nhw i symud ymlaen.

"Ro'n i'n anghywir!" ebychodd Sara. "Mae'r gwynt wedi newid cyfeiriad."

Yn sydyn syrthiodd yn ei hyd, wrth i wreiddyn tew fachu'i throed. Glaniodd ar ben planhigyn lliwgar. Siglodd y dail ac ysgwyd dŵr a phryfed ar ei phen.

"Mae'n mynd yn boethach bob munud!" llefodd, a neidio ar ei thraed. Edrychodd dros ei hysgwydd a phwyntio bys crynedig at y golau oren oedd yn fflachio yn y pellter. "Weli di'r golau?" sibrydodd mewn dychryn. "Mae'r tân yn dod!"

Ymlaen â nhw gan ffoi am eu bywyd. CRAC! Atseiniodd sŵn erchyll drwy'r awyr fyglyd, ac yna un arall.

"Coed yn ffrwydro!" gwaeddodd Ben. "Rhaid i ni symud yn gynt."

Roedd hi bron yn amhosib anadlu yn y mwg

du. Wrth i'r aer boethi, ffrydiai chwys dros eu llygaid a'u dallu. Sychodd Ben ei wyneb â'i law. Y tu ôl iddyn nhw roedd fflamau'n llyfu'r awyr.

Stopiodd Cawan ar ffin y blanhigfa. O'u blaenau roedd rhesi trefnus o balmwydd olew. Trodd, a chlecian ei ddannedd i'w gyrru ymlaen.

Ond arafodd Mat.

"Allwn ni ddim mynd ffor 'na," sibrydodd yn boenus. "Mae palmwydd olew'n llosgi'n gyflym iawn!"

"Does dim dewis," crawciodd Ben, a'i dynnu ar hyd coridor o goed. "Allwn ni ddim troi'n ôl."

Nawr roedd sŵn tasgu a hisian yn llenwi'u clustiau wrth i'r fflamau lyncu'r coed a'r llwyni.

Disgynnai marwor poeth fel cacwn gwyllt ar eu pennau. Llosgodd y plant eu dwylo wrth geisio'u chwifio o'u hwynebau, a gwichiai Cawan yn ofnus wrth i'r gwreichion lanio ar ei ffwr.

Teimlai ceg Sara'n llawn o ludw, ac roedd y gwres yn gwneud dolur i'w hysgyfaint. Edrychodd ar wyneb llychlyd Ben. Doedd e damaid gwell na hi. A nawr roedd Mat yn llusgo un droed ar ôl y llall.

Ond allen nhw ddim stopio. Roedd y tân wedi cyrraedd y palmwydd olew. Symudai'r fflamau'n gyflymach nag erioed gan lowcio'r coed.

Wrth i'r tri wthio drwy'r llwyni, disgynnodd Mat ar lawr. Plygodd y plant a cheisio'i dynnu ar ei draed, ond gorweddai'n swrth yn eu breichiau. Daeth Cawan ato, gan riddfan yn dawel.

"Rhaid i ni ddal ati," llefodd Sara, a phesychu. "Neu fe gawn ni'n llosgi'n fyw."

"Ewch chi," crawciodd Mat.

Yna'n sydyn newidiodd rhu'r fflamau. Sgubodd Ben wreichionyn o'i wyneb a theimlo rhywbeth gwlyb ar ei law. Nid chwys du llawn huddyg oedd hwn, ond dŵr glân. Syllodd i'r awyr. Doedd dim i'w weld ond mwg du trwchus, ond roedd diferion o ddŵr yn dyrnu ei wyneb.

Cydiodd ym mraich Sara a'i hysgwyd. "Am lwc!" meddai drwy wefusau sych. "Mae'n bwrw glaw!"

PENNOD TRI AR DDEG

Fore drannoeth roedd hi'n heulog braf. Roedd arogl tân y diwrnod cynt yn dal yn gryf yn y coed, a lleisiau adar a mwncïod i'w clywed yn y canopi. Safai Ben a Sara ar y llwybr crog, yng nghanol tiriogaeth Cawan, yn edrych i gyfeiriad yr afon.

"Gwranda ar y sŵn 'na," gwenodd Ben. "Yn union fel petai dim wedi digwydd."

"Dyna lwc fod y fflamau heb gyrraedd y rhan hon o'r warchodfa," meddai Sara. "Petai'r glaw heb ddod …" Edrychodd ar y cadachau am ei dwylo. Roedd y llosgiadau'n boenus, ond fe allai fod yn waeth. Bîpiodd y BYG a darllenodd Sara'r neges destun.

"Mae Erica'n dod i'n casglu prynhawn 'ma," meddai wrth Ben.

"Trueni na allen ni aros i helpu Mat," atebodd ei brawd. "Mae ganddo gymaint o waith i'w wneud. Mae wedi colli tua chwarter ei goed."

"Glywes i rywun yn siarad amdana i?" meddai llais.

Roedd Mat yn llusgo'i hun yn araf ar hyd y llwybr crog, a Yasmin a Bisa yn ei ddilyn yn ofidus.

"Mae e wedi gorffen siarad â'r heddlu, felly," sibrydodd Sara.

Roedd yr heddlu wedi holi'r plant yn gyntaf. Er i Ben a Sara esgus bod yn ddau dwrist bach ofnus, roedden nhw wedi gofalu rhoi digon o fanylion am Mr Ostrander.

"Dwi wedi dod â'r bisgedi!" meddai Mat yn llon. Pwysodd yn wanllyd ar y rheilen raffau. Roedd dwylo Mat mor boenus â rhai Ben a

Sara. "Mae'r epa bach drwg wedi bod yn trio'u dwyn!" Tynnodd y bag o'i boced a rhoi un i'r babi orangwtang.

"Welsoch chi gip o'n ffrind?" gofynnodd Yasmin.

Ysgydwodd Ben a Sara eu pennau.

"Mae Cawan yn arwr," meddai Mat. "Rydyn ni wedi cael galwadau ffôn o bob cwr o'r byd. Pobl y teledu a'r radio eisiau clywed sut yr achubodd Cawan ni rhag y tân a'n harwain i ddiogelwch."

"Ac mae wedi rhoi cyhoeddusrwydd i ni, dyna sy'n dda," ychwanegodd Yasmin. "Mae pobl wedi cysylltu a gofyn sut gallan nhw helpu'r warchodfa. Mae cwmni cyfrifiaduron yn Japan eisiau noddi'r falŵn nesa, ac mae myfyriwr o America wedi gofyn a gaiff e weithio yma yn ystod ei wyliau!"

"Ond fe golloch chi lawer iawn o goed," meddai Sara.

"Do, wir," cytunodd Mat. "Ond ymhen

wythnos, fe fydd egin newydd yn tyfu o'r hadau sy wedi bod yn aros eu cyfle yn y ddaear o dan y coed eraill. Fe gymerith amser, ond bydd popeth yn tyfu eto. Byddwn ni'n dal i groesawu ymwelwyr, beth bynnag."

"Ydych chi'n meddwl bod rhan fwyaf o'r anifeiliaid yn ddiogel?" gofynnodd Ben.

Nodiodd Mat. "Maen nhw'n synhwyro perygl yn well o lawer na ni."

"Ac mae'r heddlu eisoes wedi cael gwarant i arestio Pieter," meddai Yasmin, "er wn i ddim sut clywson nhw amdano mor fuan."

Cipedrychodd Ben a Sara ar ei gilydd. Rywsut roedd Wncwl Steffan bob amser yn cysylltu â'r bobl iawn.

"Ac mae Talib wedi cyfaddef popeth," meddai Mat yn ddwys.

Craffodd ar Ben a Sara. "Pan ro'n i'n gorwedd ar lawr," meddai, "meddylies i eich bod chi'n defnyddio peiriant arbennig i alw Cawan."

Edrychodd Ben a Sara ar ei gilydd eto. Beth allen nhw ddweud? Yna gwenodd Sara. "Rhaid dy fod ti wedi drysu," meddai'n garedig. "Wedi'r cyfan, fe gest ti gnoc gas yn y falŵn."

"Wrth gwrs," meddai Mat, er mawr ryddhad i'r plant. "Dyna ddwl ydw i!"

Siglodd canghennau yn eu hymyl a daeth Cawan i'r golwg.

"Dyma fe!" meddai Sara. Ceisiodd drydar ar Cawan, ond roedd y sŵn yn debycach i grawcian.

"Gad i fi wneud!" Rholiodd Ben ei dafod a dynwared galwad Mat yn dda dros ben.

"Rhyfeddol!" meddai Mat. "A dim ond unwaith neu ddwy rwyt ti wedi'i chlywed hi."

Neidiodd Cawan i lawr ar

y llwybr o'u blaen, gan syllu'n ddwys.

Estynnodd Mat y bag papur i Sara.

"Wyt ti'n fodlon gwneud?" meddai.

Tynnodd Sara fisgeden o'r bag a'i chynnig i
Cawan. Gan rwnan yn dawel a hapus,
estynnodd Cawan ei fraich hir a chydio ynddi
â'i fysedd. Sniffiodd am foment, a dechrau cnoi
rownd yr ymyl.

"Mae'n gwrtais iawn!" chwarddodd Ben.

Gwyliodd Cawan e, a dal ati i fwyta. Yna
rhewodd a syllu dros ysgwydd Ben. Cyrliodd ei
wefusau a rhoi sgrech o rybudd. Neidiodd Ben
a Sara. Y tu ôl iddyn nhw roedd rhywun yn
rhincian dannedd. Trodd y ddau a gweld Bisa'n
dringo ar ysgwydd Yasmin ac yn gafael yn ei
gwallt. Roedd wedi dychryn yn dwll.

Gwenodd Ben. "Dwi'n meddwl bod Cawan
yn dweud wrth Bisa am gadw draw. Ei
diriogaeth e yw hon!"

"Dwi'n meddwl ei fod e'n dweud rhywbeth
wrth bawb," meddai Sara.

"Beth?" gofynnodd Mat.

"Mae'n amlwg," gwenodd Sara. "Mae'n dweud, 'Dwi wedi dod adre'."

ACHU

DYFODOL YR ORANGWTANG

Dim ond ar ynysoedd Borneo a Swmatra mae orangwtangiaid yn byw yn y gwyllt. Yn ystod y ddeng mlynedd diwethaf credir fod eu rhifau wedi disgyn bron 50%.

Nifer o orangwtangiaid yn y gwyllt heddiw..................llai na 60,000
Nifer o orangwtangiaid yn Swmatra............................tua 6,000
Nifer o orangwtangiaid yn y gwyllt yn 1900..................tua 315,000

Sawl blwyddyn maen nhw'n byw? Tua 45 yn y gwyllt.
Yr orangwtang hynaf a recordiwyd: 58 oed

Ystyr yr enw
orangwtang
ym Maleieg yw
'dyn y goedwig'.

Mae'r orangwtang gwryw tua dwywaith maint y fenyw. Yn y gwyllt mae'r gwryw'n pwyso rhwng 175 a 225 pwys, ond mewn sw gall bwyso 300 pwys neu fwy.

Fel arfer, mae'r fenyw'n geni un babi ar y tro. Ar wahân i fabi dynol, does 'na'r un primat arall yn aros mor hir gyda'i fam. Maen nhw'n annibynnol yn 7 neu 8 oed.

STATWS: MEWN PERYGL

Mae orangwtang Borneo ar restr goch yr Undeb Rhyngwladol dros Gadwraeth Natur, gan fod ei rifau'n lleihau. Mae orangwtang Swmatra ar restr y rhai sy mewn perygl enbyd.

BYGYTHION

COLLI CYNEFIN

Y bygythiad mwyaf i'r orangwtang yw colli ei gartref yn y goedwig law.
Caiff coedwigoedd y trofannau eu torri ar gyfer y fasnach bren a'u clirio ar gyfer planhigfeydd palmwydd olew a gwaith mwyngloddio. O fewn 20 mlynedd mae'r orangwtangiaid wedi colli 80% o'u cynefin! Mae tanau bwriadol – ac anfwriadol – hefyd yn difa'u cynefin.

> Mae orangwtangiaid yn glyfar iawn. Maen nhw'n dal trychfilod drwy wthio brigau i dyllau, ac yn defnyddio darnau o bren i brofi dyfnder dŵr cyn camu i mewn iddo. Mae rhai'n defnyddio dail fel ambarelau, fel menig i warchod eu dwylo, neu hyd yn oed fel clustogau ar goed pigog!

LLADD AM EU BOD YN BLA

Weithiau lleddir orangwtangiaid gan berchnogion planhigfeydd a ffermwyr am eu bod yn bla.

NIFER FACH O FABANOD

Yn y gwyllt, dim ond unwaith bob 7–8 mlynedd y bydd y fenyw'n geni babi. Yn ystod ei bywyd bydd hyd at bedwar o'i phlant yn goroesi.

GELYNION

Pobl, llewpartiaid brithion, teigrod ac o bosib cŵn hela Asiaidd yw gelynion yr orangwtang.

MASNACH ANGHYFREITHLON

Caiff mamau orangwtangiaid eu lladd a gwerthir y rhai bach fel anifeiliaid anwes.

Ond mae 'na newydd da hefyd!

Yng ngwanwyn 2009, darganfu gwyddonwyr nifer fawr o orangwtangiaid, mwy na 2,000 o bosib, yn jynglau anghysbell Borneo. Nawr rhaid i gadwraethwyr gydweithio â'r awdurdodau lleol i warchod yr ardal.

Ar warchodfeydd fel Parc Cenedlaethol Tanjung Puting, gall yr orangwtang fyw a bridio'n weddol ddiogel. Yn Borneo mae rhai grwpiau cadwraethol (y tu allan i'r llywodraeth) yn cynnal trafodaethau â'r cwmnïau palmwydd olew, gyda'r bwriad o neilltuo tir ar gyfer gwarchodfeydd natur preifat.

Os oes gennych angen mwy o
wybodaeth am yr orangwtang
ewch i:

www.orangutan.org.uk
www.savetheorangutan.org.uk
www.orangutan.org
www.wwf.org.uk

Darllenwch lyfrau eraill o gyfres

ACHUB ANIFAIL

J. BURCHETT & S. VOGLER   ADDASIAD: SIÂN LEWIS

ACHUB ANIFAIL
ERLID ELIFFANT

J. BURCHETT & S. VOGLER

ACHUB ANIFAIL
ANTUR ARCTIG